# AMIGA, deixa de ser trouxa!

EDUARDO CAMARGO | FILIPE OLIVEIRA

# AMIGA, deixa de ser trouxa!

DIVA
DEPRESSÃO

Matrix

© 2015 - Eduardo Camargo e Filipe Oliveira
Direitos em língua portuguesa para o Brasil:
Matrix Editora
www.matrixeditora.com.br

**Diretor editorial**
Paulo Tadeu

**Capa**
Eduardo Camargo

**Projeto gráfico e diagramação**
Alexandre Santiago

**Revisão**
Adriana Wrege
Silvia Parollo

CIP-BRASIL - CATALOGAÇÃO NA FONTE
SINDICATO NACIONAL DOS EDITORES DE LIVROS, RJ

Camargo, Eduardo
Amiga, deixa de ser trouxa! / Eduardo Camargo, Filipe Oliveira. - 1. ed. - São Paulo: Matrix, 2015.
144 p.; 21 cm.

ISBN 978-85-8230-195-1

1. Relação homem-mulher - Humor, sátira, etc. 2. Sexo - Humor, sátira, etc.
I. Oliveira, Filipe. II. Título.

15-23529
CDD: 306.7
CDU: 392.7

## AGRADECIMENTOS DO FILIPE E DO EDUARDO

Primeiramente, agradecemos a todos os seguidores e seguidoras da Diva Depressão. São vocês que fazem todo esse recalque acontecer! Obrigado a todas as nossas amigas encalhadas, vocês são a inspiração para esta obra (não vamos dar nomes aqui para não perder a amizade).

Em especial, nosso muito obrigado ao Rodrigo Fernandes, nosso grande amigo blogueiro Jacaré Banguela, que aceitou nosso convite escrito em papiro e lacrado com cera de ouro para escrever o prefácio deste livro. O Rodrigo é blogueiro há 11 anos, a Diva quer ser como ele quando crescer.

Obrigado ao Ricky Hiraoka, à Paula Vilhena, ao João Villa e ao Mario Mendes. A opinião de vocês referente ao livro conta muito, mas vocês sabem: não fizeram mais que a obrigação. Obrigado à Luciana Ogusco também, que está nos ajudando a ter mil ideias malvadas e cheias de veneno para o futuro!

Por fim, a nossas famílias, que tanto amamos (mesmo com nosso coração de pedra), e aos nossos amigos mais queridos: sem vocês, não estaríamos aqui falando mal de todo mundo, todos os dias, até o fim dos tempos.

# AGRADECIMENTOS DA DIVA

Sei que você espera que eu agradeça a alguma amiga, à bebida, aos diamantes, aos euros e dólares... Mas na verdade vou agradecer a todos os homens que passaram pela minha vida. Por todas as lágrimas, arrependimentos, noites maldormidas, ligações não recebidas, mensagens mal escritas, desculpas esfarrapadas, amores não correspondidos, perguntas sem resposta, planos interrompidos, ciúmes infundados, mentiras rotineiras, abraços sem carinho, escapadas escondidas, perdões sem arrependimentos e presentes sem sentimentos. É verdade que tudo isso fez de mim uma mulher mais dura, mas até a mais bela rosa tem os espinhos para protegê-la. Então agradeçamos a eles, por todos os erros que já cometemos e não serão repetidos, porque, diferentemente deles, uma Diva segue em frente de cabeça erguida, peito pra fora, bunda pra dentro e exalando o perfume que estourou a fatura do cartão, mas que está pago!

Se não fossem eles, como eu poderia dizer qualquer coisa a você que não soasse como mera hipocrisia? Pois é, meu amor, a vida não traz só cabelos brancos e ganho de peso, mas também vivência. E, mesmo com o passar de muitas frustrações, nem sempre temos a devida lucidez para ver onde ainda não deixamos de ser TROUXAS!

Claro que eu agradeço também aos sapatos, bolsas e roupas comprados sem necessidade, só para me alegrar nos momentos de sofrência. Sem ela eu não veria que eu era apenas uma trouxa, mas também uma trouxa bem vestida.

Devo também ser humilde e agradecer a você que vai ler este manual e guia prático, porque você vai fazer o que eu não consegui – poupar muitas de suas amigas de berrar na sua cara: AMIGA, DEIXA DE SER TROUXA!

# Sumário

**PREFÁCIO** ............................... 11

**APRESENTAÇÃO** ......................... 13

**CAPÍTULO 1** ............................ 15
   Homens ........................................... 17
   Tipos de homens .................................. 19

**CAPÍTULO 2** ............................ 37
   Status de relacionamento ........................... 39
   Status: ficando .................................... 40
   Status: namorando ................................. 57

**CAPÍTULO 3** ............................ 69
   Clássicos e tabus do primeiro encontro ............... 71

**CAPÍTULO 4** ............................ 85
   Clássicos e tabus do namoro ........................ 87
   Ciúme ............................................. 95
   Apimentando a relação ............................. 103
   Discutindo a relação .............................. 113
   Dando um tempo .................................. 117
   Pé na bunda ...................................... 121

**CAPÍTULO 5** ........................... 135
   Tipos de ex ....................................... 137
   Antes sozinha que gastando dinheiro com pé-rapado ..... 143

# Prefácio

Quando a Diva me convidou para escrever este prefácio, eu aceitei na hora. Quando ela disse que o livro era sobre relacionamentos, fiquei sem entender o convite. Pelo que me lembro, meu último namoro foi em 2003, durante o meu primeiro semestre da faculdade de Publicidade em Cuiabá, no Mato Grosso.

De lá pra cá eu ando colecionando tanto toco que daria pra montar uma daquelas fogueiras gigantes que as escolas montam nas festas de São João. Foi tanto bolo que não fiquei surpreso por chegar a pesar 140 quilos tempos atrás. Ouvi tantos lamentos e desculpas que o Vaticano me mandou um e-mail semana passada sugerindo uma canonização.

Todas as três namoradas que eu tive terminaram comigo por falta de ciúmes. Juro! E a falta era minha. Eu nunca senti ciúme das minhas namoradas. Elas queriam namorar um cara que reclamasse do comprimento das roupas delas, que fiscalizasse o celular, que perguntasse "quem é esse babaca!?" pra qualquer amigo que elas me apresentassem, que desse uns amassos em uma das amigas delas numa festa qualquer, que eu gritasse uma desculpa de merda dizendo que bebi demais, que eu desse flores e chocolates para reconquistá-las, que falasse com a mãe delas para convencê-las a me perdoar, que eu prometesse nunca mais fazer isso, que eu me esquecesse da promessa e fizesse tudo isso de novo e foda-se... Enfim, um namorado padrão.

Eu nunca fui esse tipo de cara. Até porque eu não chamo ninguém de babaca. Acho "otário" mais ofensivo.

Relacionamentos serão sempre as melhores aventuras da sua vida e você precisa saber arrumar as suas malas para elas. Já dizia Chico Anysio: "Quem é casado há quarenta anos com dona Maria não entende de casamento, entende de dona Maria", e este livro aqui é para que você entenda muito de relacionamento sem ter que casar ou passar quarenta anos com a Maria, ou com o João, ou com o Paulo, ou até mesmo com um Wellyngthon, se você tiver autoestima baixa.

Aproveite os ensinamentos deste livro e depois o dê de presente para aquela sua amiga que insiste em namorar um babaca otário!

Rodrigo Fernandes – Blog Jacaré Banguela

# Apresentação

Relacionamentos: mal inevitável? Claro que sim. Mas não é por isso que tem que ser algo degradante, superficial ou sopa de chuchu no copinho de requeijão.

A Diva traz para você dicas sobre relacionamentos, para poupar aquela sua amiga que só falta te dar na cara por você ignorar todos os conselhos dela. Mas o que esperar de alguém que não escuta os próprios conselhos? Pois é, a Diva sabe que você já deu bons conselhos para a amiga na fossa, mas não usou nenhum para si mesma.

Este não é apenas um livro repleto de conselhos, dicas e bom humor. É também um guia de salvação para afastar da sua alma as frustrações e depressões que um mau relacionamento traz. Aqui a Diva joga na sua cara o que você precisa saber sobre esse universo cheio de espinhos, Halls preto e chantili.

Repleto de situações, o *Manual de Relacionamentos da Diva Depressão* coloca você no olho do furacão e cutuca a ferida, te dá aquele tapa na cara e grita: AMIGA, PARA DE SER TROUXA! Mas é claro que eu afago depois. Afinal, não vou borrar meu esmalte escrevendo algo que não seja para a humanidade prosperar – e com a qual sou obrigada a conviver. Você verá que não são apenas diamantes e esmeraldas que aquecem o coração. Se você encontrar o boy magia e investir certeiramente nele, você só terá a ganhar. Calma, não estou aqui comparando homens a diamantes. Até porque diamantes não nos decepcionam nunca.

Você vai rir, talvez até chorar, mas o principal é que aqui irá se encontrar.

Especialmente da Diva para as divas.

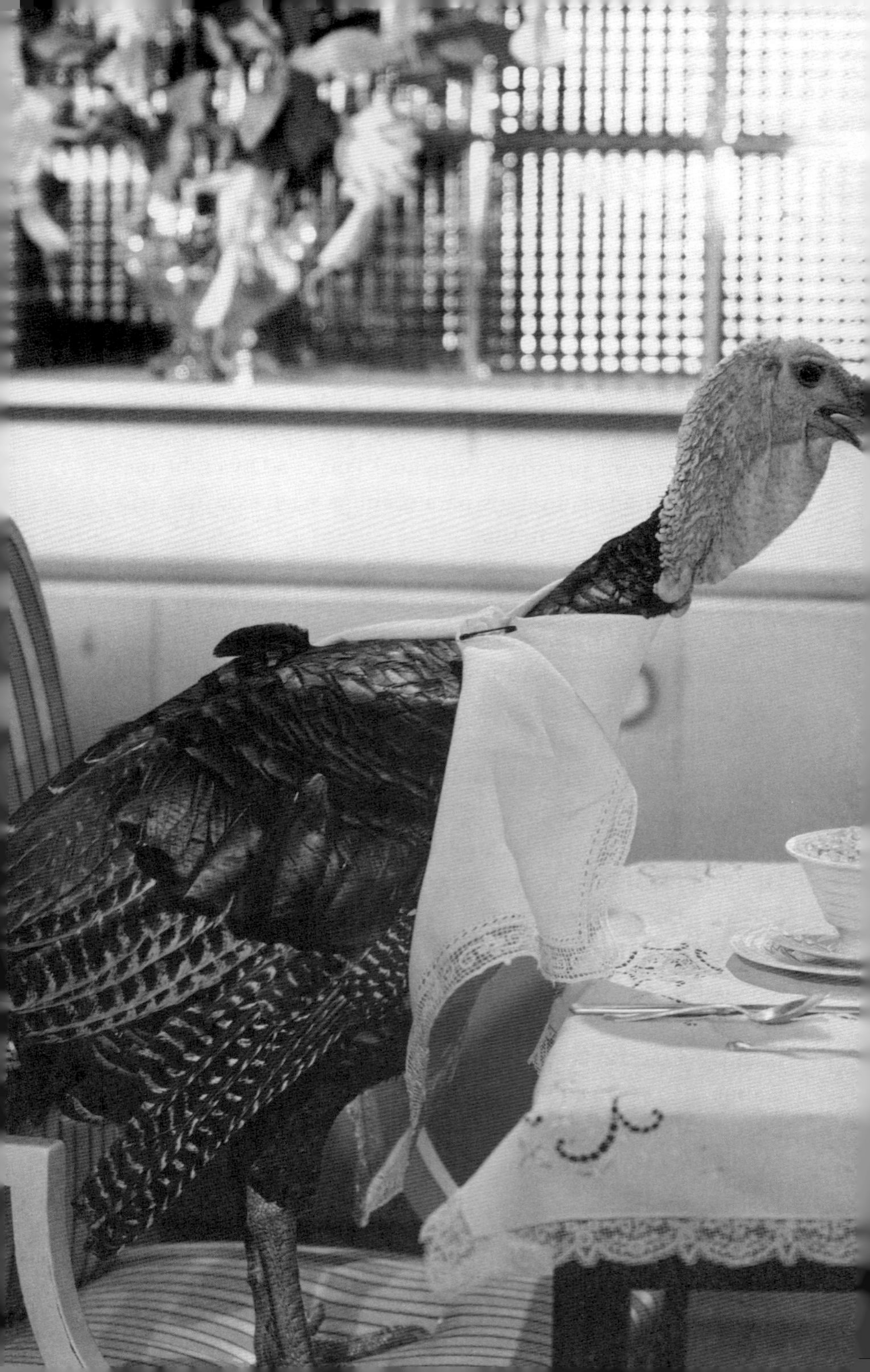

# Capítulo 1

"HOMEM É TUDO IGUAL, SÓ MUDA O TAMANHO DO PERU."

# Homens

Antes de determinar o tipo de relação que você deseja ou, como eu gosto de falar, o buraco em que você vai entrar pra ser enterrada, é fundamental escolher o tipo de cara que você quer e o que combina mais com seu estilo.

Escolher um é como a aquisição de um "acessório", tipo aquelas bijuterias que você compra da amiga do seu trabalho por pena: por mais que não tenha gastado muito dinheiro, vai fazer falta no final do mês, entende? Tem que deixar a pena de lado e não comprar porcaria nenhuma. Mesma coisa com os homens. Esse é o tipo de aquisição que se for te causar arrependimento é melhor deixar pra lá e continuar saindo sábado à noite com suas amigas encalhadas.

O temperamento e os hábitos do boy dizem muito sobre ele e o seu futuro a dois, isso sem falar da conta bancária e da profissão de ouro, como médico ou advogado (se for um desses, já faça uma macumba pra segurar logo).

Quando sua mãe dizia "homem é igual a cachorro", ela estava certa: existem várias raças, cada uma com suas vantagens e desvantagens, porém, todos cachorros. Quantas mulheres não se arrependem de casar depois que descobrem que seus maridos são uns pães-duros? Ou paus moles? Ou mulherengos? Ou ainda outras coisas que só sabemos depois que dizemos um "sim" ou "põe só a cabecinha".

Aí o tempo passa, a coisa acaba. E o término de uma relação é sempre sofrido, principalmente para o seu bolso. Você sabe quanto se gasta num divórcio? E os presentes de namoro, tipo aquelas camisas de time fedidas... E os boys que você dispensou só porque já estava comprometida...

Não tem arrependimento pior. Por isso, repito, é necessário saber o tipo de buraco em que você está entrando, antes que joguem terra.

Diferentemente das mulheres, que são uma caixinha de surpresas decorada com *biscuit*, os homens estão mais pra um caixote de transporte de verdura em feira livre, daqueles bem sujinhos e acabados, em que a gente senta quando não acha outra coisa pra usar como assento. No começo pode ser incômodo, mas você pode moldar esse homem/caixote de madeira, aí entra a parte de adestramento que você verá mais adiante. No momento trataremos da matéria-prima desse macho, que no primeiro encontro pode se mostrar como príncipe encantado pronto para um final feliz, mas logo revelará sua verdadeira personalidade. As principais características a Diva listará a seguir.

A princípio você precisa saber que os homens sofrem influência do meio para se tornar o que são, eles não têm culpa de ser assim – imaturos, preguiçosos, grossos e idiotas! Grande parte dos seus hábitos vêm de casa, desde aquela mãe superprotetora, que normalmente é aquela sogra que adora te criticar, transforma o boy em um grude só, ou aquele pai machão que transforma o filho naquele tipo de boy que não lava louça porque é serviço de mulher.

Com tempo e alguns biscoitos, o boy pode ser domado, mas, a princípio, você precisa saber com quem está se relacionando, por isso é extremamente necessário conhecer os tipos de homens no mercado e suas características fundamentais, assim não tem como reclamar depois do produto adquirido e, se reclamar, que seja fora das redes sociais, por favor, meu Deus do céu!

# Tipos de homens

## HOMEM MACHÃO

Vamos começar pelo tipo de homem que você encontra às pencas por aí, o homem machão. Ele não tem culpa de ser assim, cresceu em uma sociedade que o forçou a ser um macho alfa, porém você não é obrigada a aceitar – aliás, aprenda uma coisa: não existe nada nessa vida sofredora que você seja obrigada a aguentar, tudo vem com um botão de foda-se junto.

Esse é o tipo de cara que vai justificar qualquer ato que fizer com "eu sou homem, você sabe como é...". Exemplo: "Eu te traí porque sou homem, você sabe como é...", aí você corta o peru dele e diz: "Sabe como é, né?".

Enfim, costumamos dizer que esse homem não procura uma esposa, mas sim uma segunda mãe; se você estiver disposta a assumir essa tarefa, ele é o cara certo. Ele não se preocupa muito com romantismo. Para ele, almoçar no Habib's no dia do aniversário de namoro já está de bom tamanho (McDonald's só no níver de casamento). É claro que isso também traz vantagens, como na hora de pagar a conta do restaurante, motel e qualquer outra coisa que envolva custos; se você é daquelas que adoram encostar no boy para viver, esse é seu tipo. Posando sempre de macho, ele vai querer pagar todas as contas, mas em troca você terá que ceder sua liberdade e se transformar em uma dona de casa exemplar – se bobear, vai ter que sair de casa usando uma burca. Aliás, é no casamento que a coisa fica preta: prepare-se para economizar a grana e ficar em casa vendo novelas, pois a prioridade desse boy não é você. Pra que sair pro motel se vocês têm um quarto com uma cama?

Mas até chegar o casamento tem tempo. No começo da relação esse boy sempre vai se mostrar bem-disposto na cama. Adora dominar e te jogar na parede, porém, é aquilo: "Já tive o orgasmo, agora você que se vire".

**Como identificar:** o machão, embora pareça corajoso, necessita de uma ajudinha pra tomar coragem, por isso costuma sair pra "caçar" em grupos. Ele pode até ser legal, mas se transforma quando se junta com os amigos, só fala de sexo e futebol, come prostitutas para se sentir mais homem e inventa mil histórias para os amigos a respeito de ter ficado com várias mulheres. Ele também não é do tipo de cara que se cuida muito, normalmente anda por aí desleixado, com pochete e camisa de time de futebol. Celular na cintura é seu charme. Costuma frequentar botecos até o final de seus dias.

**Como ele ataca:** normalmente é aquele cara que te canta na rua sem nenhum pudor, agarra seu braço na balada e puxa com força. Cantadas de pedreiro são seu forte, juntamente com a pegada bruta com mão áspera, sonho de algumas, medo de outras. Evite chegar nele, ele se sente inferior com isso; faça o tipo "Joana, a virgem" e apenas dê umas olhadinhas e risadinhas no estilo Sandy.

**Como conquistar:** como já disse, um boy desse tipo não gosta de mulheres que partem pra cima. Então você tem que fazer o estilo santa, cozinhar pra ele, estar sempre arrumada e perfumada, não arrotar nem reclamar que ele fica dando em cima de outras. Submissão é a chave para o sucesso nessa relação. Mantenha o cabelo comprido, mas não descuide da depilação. Compre um chapéu anatômico pra combinar com os seus chifres.

**Prós e contras:** a desvantagem de namorar um machão é a ausência do boy, que te troca por qualquer coisa que envolva amigos, bebida e a sua ausência, mas isso também pode ser um ponto positivo, caso você queira uma relação extraconjugal. Resumindo, o machão é o tipo de cara que é ótimo para uma rapidinha ou algo sem compromisso; no restante, evite-o.

## HOMEM ROMÂNTICO

Totalmente oposto ao machão, o homem romântico costuma ser menosprezado por nós por ter fama de "grudento". Bem, normalmente ele é grudento mesmo, tipo aquele cara que fala que vai se matar se você terminar, sabe? Ou aquele que está fazendo sexo e fica perguntando a toda hora "você tá gostando?". Ele faz questão de te tratar como princesa, se fazendo de tapete a ser pisado. Quem não adora isso? O problema é que ele exige isso sempre da sua parte e tem dias que a gente não tá a fim, né? Ele quer atenção sempre, faz birra, quer carinho, colo e tudo que a sua mamãe deu. Esteja pronta para ser sua segunda mãe e aguentar o chororô do boy manhoso. Se casar com esse cara, nem pense em ter filhos, porque esse boy já exige cuidados demais. Seu excesso de atenção acaba com sua privacidade, então fique preparada para ataques de ciúme e vigilância constante no seu celular. Se ele pegar algo suspeito, relax, ele está sempre disposto a te perdoar, mas não se acostume, porque na milésima vez ele vai começar a dar uma de difícil.

Esse ser normalmente não tem escrúpulos na hora de expressar seus sentimentos. Portanto, prepare-se para receber coisas como pelúcias de 1 metro de altura, faixas em frente a sua residência com mensagens de amor e perdão, sem falar daqueles carros de som que passarão pela sua rua com sirene, música alta e até fogos. Ele costuma chorar se você não colocar a foto dele como tela de fundo do seu celular.

**Como identificar:** ele costuma ser aquele tipo de cara que se bobear casa com você na balada, fica em cima de você a noite inteira e, assim que te deixa, já manda mensagem dizendo que amou a noite. Em uma semana já te pede em namoro e já muda o status no Facebook por desespero de você desistir e sumir. Costuma ser aquele "amigo do amigo" que as pessoas querem te apresentar.

**Como ele ataca:** se você está com problemas com o atual, ele vem te aconselhar, te dá muita atenção, presenteia sem motivos, até o dia em que você briga com seu boy e ele vem pra cima, aproveitando sua vulnerabilidade e sua vontade de botar um chifre no cara.

**Como conquistar:** na verdade esse boy já se apaixona antes de você, então você tem que entrar na dele, tipo "é o que tem pra hoje". Às vezes você será obrigada a fazer o que não quer, como dizer um "eu te amo" só porque o boy fica enchendo o saco pedindo por isso. Com o tempo você se acostuma ou se enche.

**Prós e contras:** o homem romântico, tirando o lado paranoico, obsessivo e psicótico, é um ótimo cara para você se casar, principalmente quando você chega naquela fase do "cansei de periguetar", lá por volta dos seus 60 anos. Ele te dará tudo de necessário: casa, comida e cartão de crédito.

# HOMEM NERD

Se antigamente as mulheres reclamavam dos homens que saíam no fim de semana pra jogar futebol, o que dizer dos homens que trocam você todos os dias pelo videogame? Pois é, amiga, esse é o homem moderno nerd. Assim como todo clichê nerd, esse cara curte games, internet, quadrinhos e séries de TV que envolvam esse universo. Tímido por natureza, gosta de começar as coisas virtualmente, afinal, vive jogando aqueles jogos on-line ou vendo aqueles vídeos pornôs de desenhos japoneses. Sem falar que é pelo computador que ele se revela – costuma ser todo macho pela internet, postando coisas idiotas seguidas de "hehehehe", mas pessoalmente morre de medo de chegar perto de qualquer mulher e fica suado só de pensar nisso.

O boy nerd pode parecer fofo, mas logo isso passa, principalmente quando ele gasta mais com jogos do que saindo com você, além dos fins de semana que são desperdiçados em maratonas de séries com os amigos, campeonatos de videogames etc. Falando em amigos, esteja preparada para enfrentar o inferno com eles, pois normalmente os amigos nerds são aqueles do tipo "empata foda", que se incluem em todos os passeios seus e do boy sem se tocar de que estão atrapalhando.

Existe um grande benefício em namorar um nerd – hoje em dia eles são muito valorizados em qualquer área que envolva tecnologia, programação e essas outras coisas de que só gente estranha gosta, ou seja, futuro garantido, amiga.

**Como identificar:** é fácil identificar o nerd, a começar pelas camisetas com aqueles memes clássicos, como aquela com os dizeres "game over", em referência ao casamento.

Camisas com personagens de quadrinhos também são de praxe, ou aquelas camisas pretas encardidas. O nerd também costuma estar sempre acompanhado do seu videogame, concentradíssimo e com a mão cheia de calos, o que ocorre não só por causa do excesso de tempo dedicado aos jogos, se é que você me entende.

**Como ele ataca:** o nerd não é muito de atacar, a menos que você esteja em algum daqueles eventos em que as pessoas se vestem de personagens de desenhos, sabe? Aliás, se você também frequenta esses lugares, amiga, para! Normalmente o nerd vai estar com aquela plaquinha de "me beije" ou algo assim. Tirando isso, é você quem tem que dar o bote, amiga, porque desse mato não sai cachorro, só Pokémon. Na cama, espere muito empenho, mas não muita prática.

**Como conquistar:** esse cara é bem fácil de conquistar, basta fingir um pouco de interesse nas coisas de que ele gosta, como você faria com qualquer outro tipo de homem, porém, já aviso que isso é uma tarefa bem difícil pra quem odeia essas coisas de ficção científica, *Senhor dos Anéis* etc. Caso você se aventure a jogar algum joguinho com o boy, em hipótese alguma ganhe dele, isso será o mesmo que castrá-lo. Homens odeiam perder em jogos para mulheres. Deixe passar; se a relação evoluir para um namoro, aí, sim, você pode acabar com ele.

**Prós e contras:** com boy nerd você terá a garantia de que nunca precisará mandar seu PC pra manutenção. Ele sempre estará lá para ajudar nos estudos, mas não espere que ele ajude em outras coisas – o negócio dele é organizar a coleção de bonecos, colecionar figurinhas da Copa e seus DVDs da série favorita.

# HOMEM CAFAJESTE

A primeira coisa que você deve assumir é que o homem cafajeste é gostoso. Sim, amiga, admita, ele é como droga, você sabe que não levará a lugar algum, mas você continua lá, até que uma hora fica no fundo do poço. Fazendo uma analogia ainda com a droga, homem cafajeste é exatamente assim na sua vida, um prazer passageiro que causa arrependimento. Não espere nada sério desse cara, você é só mais uma pra ele, mas, até você ser dele, ou seja, liberar a periquita, ele vai te tratar com todo o carinho. E olha que o sujeito nem é lá essas coisas – o fator pegada costuma ser sua única virtude. Declarações, música romântica, frases e essas outras coisas que se postam numa *timeline* ele tem em sua página, só que ele não costuma marcar o nome de ninguém, sabe por quê? Pra não se queimar com outros rolos, claro. Rei da mentira, é capaz de inventar a morte da mãe só pra não ser pego.

Sabe quando um cara fica fazendo doce pra sair? Pois é, provavelmente ele deve ter marcado algo com outra e está na dúvida se sai com você ou com a outra. Com a mesma velocidade com que mete a mão no seu sutiã, ele some da sua vida. O conceito boy magia é megaválido pra esse cara, levando em consideração o fato de que ele some num passe de mágica. Costuma ter vários filhos espalhados por todos os lados. Com a idade ele costuma aquietar o facho, querendo algo sério, mas não se engane: a periguetagem está escondida debaixo daqueles cabelos brancos, evoluindo para o tiozão, o modelo cafajeste que vem com os anos.

**Como identificar:** costuma ser o cara que dá em cima de todo mundo, usa perfume barato e tenta esconder a careca que está começando a aparecer. Sempre está com algo na boca, de bebida e

"Homem que trai, o pinto cai, e se não cair a gente arranca!"

cigarro até palito de dente. Adora usar óculos escuros. Mesmo na balada, assobia e chama de "gostosa" qualquer coisa que se mova.

**Como ele ataca:** chega te chamando de linda com a boca quase no seu ouvido *feat.* mão encostando na cintura. É aquele pra quem você fala que não tá a fim mas ele continua insistindo, até que você fica cheia e manda um foda-se.

**Como conquistar:** querida, não precisa se preocupar com isso. Esse homem surge do nada pra te galantear. Quando você vê, já está na cama dele. A maneira de manter a atenção do sujeito é não ceder a periquita; segure até ele pedir ajoelhado.

**Prós e contras:** como dissemos, pelo menos esse cara é bom de cama, porque, de resto, é uma lástima. Ele acaba se tornando o tipo de cara que você usa pra ameaçar os outros, tipo: "Eu tenho um conhecido que mexe com essas coisas".

## HOMEM MAIS VELHO

O homem mais velho, conhecido como maduro ou tiozão mesmo, se torna alvo de algumas por causa da experiência, da grana da aposentadoria ou por amor mesmo, porque dizem que isso existe e tal. Homem maduro tem três: o divorciado, o cafajeste ou o que ficou pra titio.

    O homem divorciado costuma ser aquele que procura um relacionamento aberto, sem cobranças e sem compromisso, mesmo porque ele já paga pensão e o negócio dele não é ter mais custos. Normalmente é aquele cara que tinha um relacionamento extraconjugal, se separou da esposa pra ficar com a amante, mas, claro, a coisa não deu certo e ele acabou ficando sem nenhuma. Antes de pegar você ele costuma dar presentes, levá-la pra passear e ostentá-la para os amigos. O grande problema são os filhos e a ex-esposa: eles te odeiam, aceite. Nem pense em casar; o cara já se ferrou uma vez, não vai querer se ferrar pela segunda, sem falar que, se casamento fosse bom, não existiria o divórcio, correto?

O outro tipo de tiozão é o cafajeste, aquele que já casou, se "ajuntou", namora, pula de galho em galho, mas é solteiro e jura de pé junto que não tem nada com ninguém, só com você. Ele é um malandro que já está quase na terceira idade, um chave de cadeia – amiga, logo ele vai querer morar junto e viver escorado em você enquanto dá em cima das suas amigas e, se bobear, até da sua mãe. Normalmente esse homem está sempre metido em trambique, como jogo ilegal, falsificação, vagabundagens em geral. Se não entrar pra igreja e se converter, passará a vida inteira assim. Você acha que ele está sozinho por quê? Porque ninguém quer esse traste. Nem a mãe aguentou e o jogou pra fora de casa.

O terceiro tipo de tiozão é aquele que pode ser considerado a evolução do homem romântico, já citado aqui anteriormente, só que, de tanto ser superprotegido pela mamãe, acaba virando aquele zé mané que só sai de casa se for pra casar com uma mulher exatamente igual à velha: que lave, passe e dê cama arrumada. Como não somos obrigadas nem pagas pra isso, ele acaba sobrando, até que alguma o pegue em um momento de desespero.

Independente do tipo, todos eles têm algumas características básicas, como pagar a balada da roda de amigos ou ser aquele cara que trabalha na sua empresa há 15 anos e vive fazendo piadinhas com os outros.

**Como identificar:** costuma ser aquele tio que disfarça a calvície usando o cabelo da lateral da cabeça. Outra característica clássica é a unha do mindinho grande e o celular preso à cintura. De resto, é só olhar pra cara e pras rugas, né?

**Como ele ataca:** normalmente é aquele tio que te paga uma bebida na balada e depois vem com papinho em cima. Caso ele trabalhe com você, costuma te oferecer carona e, no trajeto, pegar na sua coxa e te chamar para uns drinques.

**Como conquistar:** esse é fácil, basta fingir que acredita no que ele diz.

**Prós e contras:** o homem mais velho é aquele que vai querer te presentear em troca de amor, o que é ótimo, o porém é que, se ele quiser algo mais sério, prepare-se para virar uma dona de casa de mão cheia.

## HOMEM METROSSEXUAL

Já foi a época em que homem andava fedido, sem se depilar e com as mãos rústicas à base de cimento. Hoje em dia o homem se cuida – até demais –, vai pra academia, tira foto no espelho e põe no Facebook.

Sinceramente, é bom ter perto de você um homem que se cuida, afinal, quem não adora bater roupa num tanquinho sarado? O problema é quando o negócio se torna excessivo, tipo o boy te troca pelo Whey e pelo frango com batata--doce. Eu sempre digo: quando o boy gosta mais de pegar no ferro do que em você, não rola. Sem falar que homem assim é ímã de periguete, porque eles adoram se exibir, não só na internet, mas na vida real, bem no estilo "regata all time", atraindo o olhar de todos e todas. Bem, há quem não ligue, mas isso me incomoda. Sem falar daqueles que chegam ao nível de usar as suas coisas ou mais coisas que você para se emperiquitar: maquiagem, creme, spray, hidratante... Aí também não rola, a menos que ele empreste pra você também.

Esse boy que parece um sonho, no começo até é, mas quando você começa a se sentir mais peluda que ele, que tira o pelo até da bunda, você começa a se sentir meio deprê, sem falar da hora de usar o banheiro: ele demora mais que você, quer dizer, é como namorar suas amigas, sabe? Ele é ótimo pra você ostentar por aí, mas todo esse porte de gostosão acaba na hora em que aparece a barata voadora.

**Como identificar**: sobrancelhas feitas, base nas unhas, perna depilada, cabelo com luzes, regata no frio (periguete não sente frio). Na internet ele é caracterizado por fotos sem camisa com milhões de hashtags.

**Como ele ataca**: por ter sempre comida ao seu redor, esse boy não se preocupa muito em caçar, já que normalmente a comida vai até ele, mas, caso dê uma de conquistador, provavelmente ele tentará sensualizar com seu corpo sarado e esculpido.

**Como conquistar**: esse boy costuma se achar muito e normalmente já está acostumado aos assédios e cantadas, então você terá que fazer diferença para conquistá-lo, seja oferecendo sua batata-doce pra ele, seja desprezando o rapaz, afinal, gente bonita demais não está acostumada com essas coisas.

**Prós e contras:** se você é daquelas que adoram um tanque, esse é o cara, porém é bom lembrar que um tanquinho sem uma boa mangueira não serve pra nada.

## HOMEM ENRUSTIDO

Embora esse cara tenha muito em comum com o metrossexual, não confunda os dois: um gosta de chupar manga e o outro gosta é de banana. Normalmente esse ser, mais conhecido como "gay enrustido", se divide em dois tipos: aquele que se camufla entre os metrossexuais, porém sempre dá aquela escorregada, sabe? Soltando alguma gíria gay, colocando aquele *piercing* em um lugar não muito convencional ou compartilhando aquela música de alguma diva pop, tipo Beyoncé – abra bem os seus olhos, esse rapaz beija rapazes!

Normalmente esse cara é aquele amigo bonitão por quem você se apaixona, e que todo mundo sempre desconfiou que dava a ré no quibe, mas, como você é tonta, insiste em achar que não. Você até pode engatar um relacionamento com ele, e vai ser ótimo, afinal ele adora as mesmas coisas que você, mas na hora do sexo é ele que foge, inventa aquela dor de cabeça e prefere ficar vendo a novela. No final essa relação vai acabar virando apenas uma amizade, no máximo uns pegas quando ele estiver bêbado.

O outro tipo de enrustido é aquele que banca o machão, pai de família, frequentador da igreja e cheio dos "bons costumes", mas à noite vai procurar uma travesti. Esse exige empenho e investigação, afinal ele esconde bem as evidências, mas nada que umas fuçadas no WhatsApp e no Facebook dele não revelem.

É bom lembrar que não é porque o boy tem aquele "jeitinho" que necessariamente ele seja gay, não vamos ser preconceituosas! Talvez ele seja bi, o que pode ser uma dor de cabeça pra você que é ciumenta, afinal, são duas vezes mais chances de ganhar um chifre.

**Como identificar:** existem algumas dicas básicas para descobrir se o boy curte outra fruta, por exemplo:
- Observe se ele curte páginas de divas pop como Beyoncé, Lady Gaga, Katy Perry, Madonna, Mara Maravilha, Xuxa etc.
- Gírias como "Migs", "Quirida", "Diva" são diretamente relacionadas ao mundo LGBT.
- Quando ele marca no Facebook que está em um relacionamento com alguém, costuma não colocar o nome da pessoa.
- Calças apertadas, gola V, piercing na sobrancelha, gloss, chapinha, luzes etc. sempre são indícios!
- Palavras como "chiclete" e "mobilete" também podem ser reveladoras.
- Um teste fácil é observar o boy quando passa algum homem bonito: se ele der uma olhadinha, pronto.
- Na hora do desespero, apele para o seu amigo gay, peça a ele que dê em cima do rapaz.

**Como ele ataca:** na verdade é você que ataca ele, né? Naquele momento de carência *feat.* desespero, vale tudo!

**Como conquistar:** amiga, a não ser que você compre uma cinta com pênis ou comece a tomar uns hormônios, nada vai resolver.

**Prós e contras:** amiga, uma hora ou outra esse boy sai do armário, e, se não sair, você vai ser chifrada. Resta saber se vai querer ficar a vida toda assim ou se vai ajudar o boy a se jogar no mundo, garantindo assim pelo menos um amigo gay pra badalar.

## HOMEM CASADO

Bem, estamos aqui pra falar de todos os tipos de homens para um relacionamento, e o homem casado ou comprometido também é uma opção, até porque tudo que é errado é mais atraente (por isso você sente vontade de vestir moletom na segunda-feira e sair da dieta todo fim de semana). Existem dois tipos de infiéis: aqueles que já te contam de cara que são comprometidos e aqueles que escondem a aliança no bolso da calça, pensando que você é burra. Esse tipo de homem é aquele que te dá carinho, atenção, presentinhos e muito amor, porém não te adiciona no Facebook, só está disponível em horários suspeitos e não costuma te apresentar para os amigos, sabe por quê? Você é a outra. Uma hora a casa cai e você descobre tudo. O que ele faz? Juras de amor, mais presentes e a facada final: a promessa de que vai largar a outra pra ficar com você. Só se você for bem trouxa pra acreditar, né? Isso é mais falso do que aqueles cabelos coloridos em embalagem de tintura capilar. Assim passam os dias, semanas, meses e anos, sendo que ele pode até constituir outra família com você, mas nada no papel; você vai ser a eterna mãe solteira que fica com o bucho no fogão cozinhando enquanto empurra o carrinho com o pé para o bebê parar de chorar. Que fique claro que ser mãe solteira não é problema nenhum, homem hoje em dia não presta nem pra ajudar a limpar o cocô do bebê, mas ser mãe solteira de filho de pai casado com outra é foda, né? Ele acredita que é possível viver assim e feliz, e realmente é, até a hora que ele morre e você não pode ficar com nada dele por ser tudo da outra.

**Como identificar:** se ele é desses que escondem o jogo até o último momento possível, você consegue perceber vários furos no meio dessa relação que vão te mostrar que ele é casado – homem é burro, faz tudo errado. Até na hora de errar comete o erro de forma errada! Os fins de semana dele nunca são seus. O banco do carro dele vive cheirando a perfume de mulher, assim como suas roupas também. Os encontros semanais rolam esporadicamente e sempre duram pouco, o suficiente pra ele te dar uma rolada na pepeca e já cair fora. Toda vez que o celular dele toca, ele cancela a ligação na sua cara e finge que nada aconteceu. Alguma dúvida de que você é a outra?

**Como ele ataca:** esse tipo de homem é aquele que não se contenta em ter só a esposa pra amar, transar e ficar pra vida toda. Sendo assim, ele precisa de alternativas mais discretas para arrumar outro rabo de saia; esse tipo de homem usa muito as redes sociais para caçar mulher. Se você receber a solicitação de amizade de um homem bonito, bem vestido e com boa profissão, já fique com o pé atrás: você nunca teve tanta sorte assim.

**Como conquistar:** não se conquista homem casado, é ele quem vai te conquistar com todo aquele papinho filho da puta. Vigia, irmã!

**Prós e contras:** se você só está atrás de uma aventura com gosto de pecado, é essa a chance, agarre e se acabe, mas no futuro não reclame se acontecer o mesmo com você. A desvantagem não poderia estar mais clara, né, amiga? Você quer ficar o seu fim de semana todo pensando num cara que tá lá comendo a esposa? Eu acho que não.

Status de relacionamento: fazendo o test drive.

# Capítulo 2

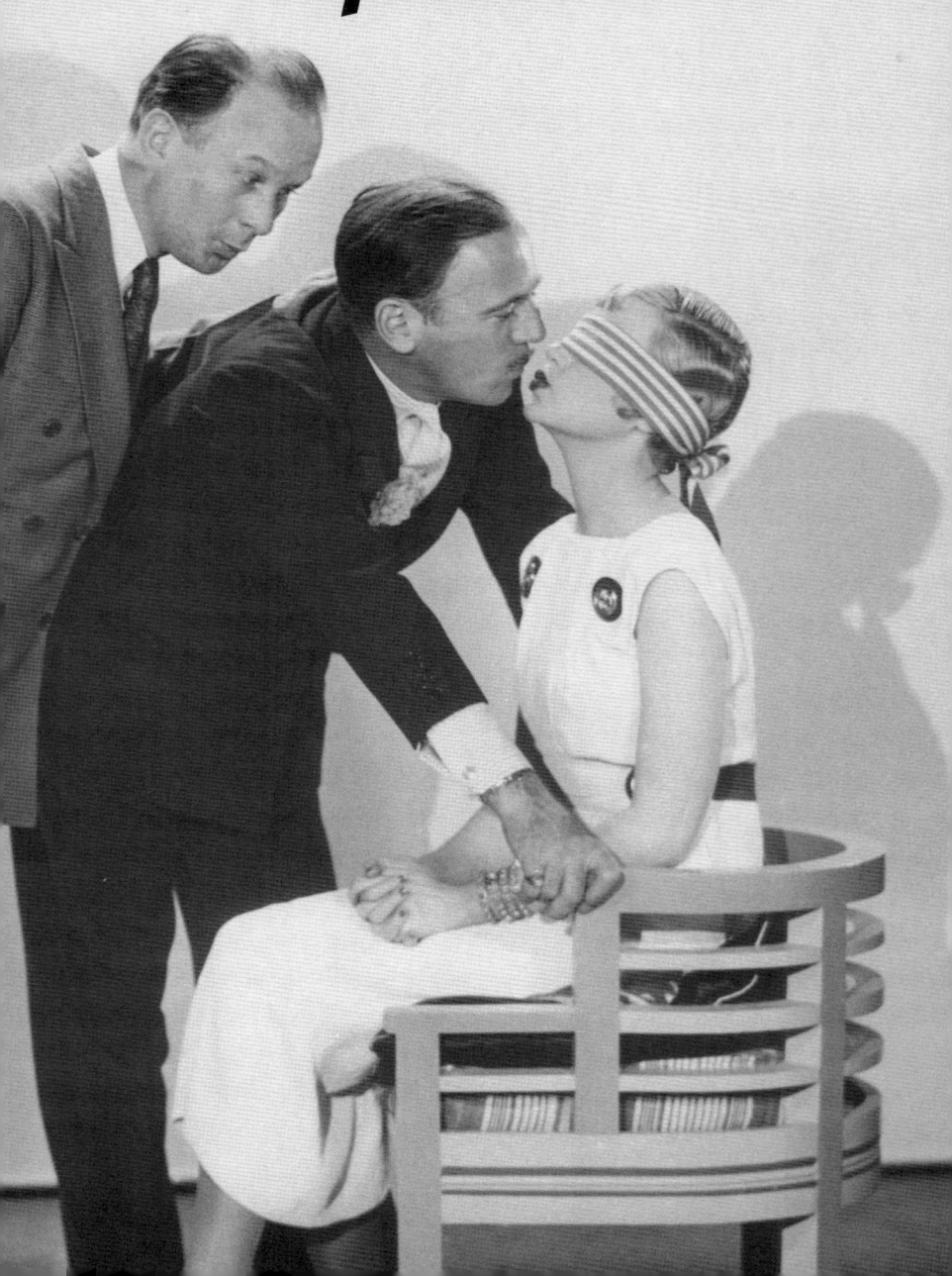

# Status de relacionamento

**D**epois de identificar o tipo de cara ideal pra você, passar pelo teste da ficada e o teste do sofá pra ver se o boy tem uma pegada boa, é hora de partir para novos horizontes: assumir um relacionamento sério. Nem só de pirocada vive a mulher, precisamos de um ombro amigo, alguém que nos escute, que nos apoie e que divida as contas – e se pagar a conta toda, melhor ainda, né? Esse é pra casar! Mas assumir um compromisso sério não é tão fácil assim...

Se antigamente um relacionamento se limitava a namoro, depois noivado e casamento, hoje em dia a coisa é muito mais ampla. Em outras palavras, é uma putaria sem fim e é difícil chegar a algo mais sério. Existem muitas definições para uma coisa que poderia ser resumida simplesmente a "relacionamento enrolado", sem falar das "ficadas" – mas as ficadas são bem diversificadas, existem vários tipos delas, acredite ou não: há os amigos coloridos, os colegas de trabalho que se tornam ficantes, aquele cara que a amiga te apresenta e muitos outros. Tudo o que já existia antigamente, totalmente camuflado, agora está mais explícito, sem falar do que a modernidade nos trouxe, como os relacionamentos a distância e por aplicativos de celulares.

Enfim, vamos desvendar todos os status de relacionamento, como agir em cada um deles, as vantagens e desvantagens de diversas situações que, com certeza, já fizeram, fazem ou farão parte da sua vida amorosa, a não ser que você seja muito encalhada e não consiga sequer arrancar um beijinho de língua daquele boy meia-boca que sempre está ao seu lado.

# Status: ficando

## FICANDO COM O AMIGO

Nem adianta começar a ler este tópico com o pensamento retrógrado de que ficar com um amigo é absurdo e pode acabar com a amizade de vocês. Para com isso, amiga! Todo mundo já se interessou, está interessada ou ainda vai se interessar por um amigo, isso se você já não pegou, usou e abusou de algum amigo seu, dando aquele abraço apertado só pra sentir o peru dele ou pedindo selinho de amizade, mas louca pra enfiar um linguão! Hoje em dia ficar com algum amigo é completamente normal; todas nós temos algum amigo gostoso por perto, sem falar daqueles que eram feios e ficaram gostosos depois de frequentar uma academia básica e agora vivem usando regatas pra exibir as curvas cheias de testosterona, fazendo com que a sua pepeca fique encharcada, gotejando de desejo. Só digo uma coisa: ACALMA ESSA XANA!

É extremamente possível ficar com um amigo e tocar isso numa boa se você estiver ciente de que nunca passará de uma pegada rotineira, afinal, ele é seu amigo, sabe um monte de podre sobre você, já te viu toda vomitada depois da balada e provavelmente já ouviu o barulho ou sentiu o cheiro do seu pum, e pum é uma coisa que não deve existir dentro de uma relação amorosa em hipótese alguma – aliás, até rola, mas só depois do casamento ou depois de o boy te enrolar seis anos no namoro, e ninguém aqui está querendo assinar essa sentença de morte agora, né?

Também não tem essa de estragar a amizade, a coisa tá feia lá fora e ninguém tá podendo negar a pegada de um homem gostoso, por isso o meu conselho é que você fique com seu amigo, sim, e se aquela sua amiga chata e invejosa falar merda no seu ouvido a respeito disso, não tem problema, pegue os amigos dela também, afinal, amizade colorida não é compromisso sério e você não tem que ter esse rabo de saia preso a ninguém – sempre cabe mais um na lista de contatos do WhatsApp pra você periguetar à vontade.

A questão nessa altura do campeonato é: como mostrar ao seu amigo que você tá a fim de dar uns pegas nele? Porque, né, amiga, tem coisa mais pesada do que cair na *friendzone* e perder a chance de pegar um boy desses?

A Diva aqui conhece bem esse perigo, por isso separei **5 dicas** de como mostrar ao seu amigo que você está louca pra dar aquela pimbada com ele.

## DICA 1 - Fazendo a touchscreen: toque o seu amigo mais vezes

É isso mesmo, amiga, não adianta só dar aquele beijinho no rosto todo dia na faculdade ou aquele abraço de aniversário sem graça que mal dá pra apertar seus peitos no peito dele. Você não é a mãe do rapaz! Então, fica aqui a dica: comece a tocar seu amigo mais vezes, faça com que tudo seja pretexto pra relar no boy! Foi dar "oi" com beijinho no rosto? Já aproveite e passe a mão pelos braços dele e aproxime mais a sua boca da dele, tipo um beijinho no canto da boca, sabe? Foi dar um abraço de amizade na hora da despedida? Segure o rapaz por mais dez segundos junto ao seu corpo! O toque nesse momento é muito importante: tocando aqui, tocando ali, logo você consegue evoluir esse toque tocando outras coisas! Pelo amor de Deus, não estou falando de fio terra... Se for pequeno, fique só nos beijinhos mesmo, você não é obrigada a se depilar pra isso.

## DICA 2 - Se joga: tenha ainda mais atitude

Ter atitude não significa que você tem que se jogar em cima do cara sem roupa gritando por sexo! NÃO É ISSO! Significa apenas que não é só porque você é mulher que não possa convidá-lo para ir ao cinema, jantar algo por aí e, até mesmo, convidá-lo a subir para o seu apartamento depois do encontro, por que não? Um copo d'água e um boquete não se negam. Só homem pode fazer essas coisas? Deixe esse pensamento de velha dentro da gaveta, senão a única coisa que você vai conseguir arrancar desse boy é um telefone pra ele te contar sobre as transas com outras mulheres – sim, homens são todos sem noção e eles AMAM fazer esse tipo de coisa, como se você fosse algum amigo escroto deles. Lembre-se: faça mais convites ao boy, porque o "não" você já tem, o "sim" é consequência de uma boa tática feminina.

## DICA 3 - Solte o pancadão: use a música como indireta

Existe algo mais clichê e funcional que isso? NÃO! A sua vida gira em torno de redes sociais, que eu sei, a minha também, sim, e daí? Ninguém paga nossas contas, não é mesmo? Então use o poder das redes sociais a seu favor, procure aquela música que só falta falar na letra: QUERO VOCÊ AGORA SEM ROUPA NA MINHA CAMA e poste marcando o seu amigo, escreva coisas do tipo "lembrei de você, miguxo, hahaha", ou então: "Olha, migo, que linda essa música, lembrei de nossa amizade"... Ênfase nos funks, forrós e pagodes, pois todos esses estilos musicais são trabalhados no duplo sentido e basicamente têm as mesmas letras, só muda mesmo o ritmo. Quem nunca aproveitou um axé para se esfregar nos boys? Rala ralando o tchan!

Não há nada mais claro do que isso. Se ele não perceber, é porque não é bom o suficiente pra merecer a atenção do seu intelecto. Se isso causar uma torta de climão, não há situação tensa que não se resolva com um "KKKKKK".

DICA 4 - Faça a rica: dê presentinhos fora de época
Por mais que você só queira dar uns pegas nesse seu amigo gostoso, às vezes é necessário separar uma verba pra investir nessa ficada. Dar alguns presentinhos fofinhos e bobinhos fora de datas e épocas especiais pode ser uma boa alternativa para o boy perceber que você está a fim dele. Se sou eu, já compro um *voucher* de um belo de um MOTEL e já soco junto com um perfume, camisa, caneta, cueca, gel lubrificante e óleo para massagem, sempre acompanhados de um cartão com os dizeres: "Tem que usar comigo", afinal, você não vai dar isso tudo pro boy pra ele usar com outras, né? Tô boa!

Tempo é dinheiro, amiga: quanto mais direta você for na hora de dar uns toques e jogar a real nesse cara, mais rápido você o terá na cama com você.

DICA 5 - Dê o seu ombro/pepeca, amiga!
Enquanto uns oferecem o ombro para consolo, você pode muito bem oferecer sua pepeca, não é? A vida é cheia de oportunidades, por isso espere por um momento de fraqueza na vida do boy e parta para um carinho, que pula para uma massagem no ombro, que pula para uma cavalgada. Não fique com peso na consciência por isso, pois você está fazendo o bem em forma de prazer. Um bom momento para recorrer a esses métodos é quando o boy dá aquela brigadinha com a namorada dele. Sobra quem pra consolar? Você, a amiga caridosa. Homens se deixam abater por qualquer coisa, portanto, qualquer situação de fraqueza na vida dele é pretexto para você se aproximar, seja uma demissão do emprego, a derrota do time dele ou começo de calvície.

Concluindo, qualquer situação boba é uma abertura para você atacá-lo, mas lembre-se: leve o Viagra, pois ele pode estar meio brochado com as situações da vida, e você é obrigada, né?

Fui clara nas dicas ou preciso desenhar? Tem amigo que é esperto, pega as coisas no ar, chega junto te prensando na parede feito metrô em horário de pico e deixa aquele chupão básico no pescoço que você vai ter que esconder com um lenço velho depois – antes assim do que devagar quase parando, esse já te poupa de ter que executar essas pequenas tarefas.

Tem amigo que é lento, não repara em nada, não percebe seus olhares, nem aquelas passadas de mão, além de ser daqueles que curtem e comentam suas indiretas no Facebook, caso você poste alguma, como indiquei anteriormente, e nem percebe que foi tudo pra ele, mas isso não é problema. Sei que você é uma mulher de atitude e vai dar um jeitinho de fazer esse lerdo acordar, nem que você tenha que abrir a blusa e esfregar os peitos na cara dele – lembrando que ir atrás vale mais a pena se o cara for realmente gato e gostoso ou, no mínimo, tiver uma boa grana pra torrar com você, assim ele banca o jantar, o motel e todo mundo fica feliz no final. Uma Diva esperta vale por duas! É importante ter em mente que nem tudo depende do rapaz, por isso mesmo as cinco dicas são bem diretas e possíveis de serem executadas, só basta você parar de frescura e partir pra cima do boy.

**Poste em seu Facebook e no seu Twitter:**
Pego meus amigos gostosos mesmo, e se reclamar pego os seus também!
**#manualderelacionamentosdadivadepressao**

## FICANDO COM O AMIGO DE UMA AMIGA

Essa coisa de amiga te apresentar um amigo "pra ver se rola" não dá certo nem em novela mexicana, que dirá na vida real. Normalmente ela faz isso quando começa a namorar e você se torna o candelabro que segura sempre a vela, então o jeito é procurar alguém pra você, pra ver se toma rumo na vida amorosa. Mas não adianta nem tentar começar uma relação com esse indivíduo, porque não vai dar certo, e quer saber o motivo? Vem cá que eu te conto.

Além de sua amiga querer desencalhar você, ela também pode estar te apresentando esse ser humano porque ele deve ter enchido o saco dela pra que fizesse isso, ou seja, é feio, e de homem feio eu tenho certeza de que a sua vida já tá cheia, principalmente se você for uma pobre assalariada que pega transporte público todos os dias com a marmita na bolsa.

Esse espécime deve ter algum problema bem esquisito. Provavelmente esse cara a ser apresentado não tem menos de 30 anos, mas esse não é o problema, o problema é que hoje em dia homem mais novo que isso já está usando coleira de ouro na mão esquerda, e, se não está, algum problema tem, você pode ter certeza. Ou o cara é do tipo que te larga pra jogar futebol com os amigos no meio da semana, te troca pelo videogame o tempo todo e, quando te leva pra cama, faz todo o lixo do trabalho dele em cinco minutos e você fica na secura depois. Sem falar que ele pode usar base nas unhas das mãos e deixar a unha do mindinho comprida pra coçar a orelha, alguém merece? Independente de ser algum dos problemas citados ou não, alguma coisa errada deve haver, e pode ser ainda pior se ele tiver o peru pequeno – já estamos no século XXI e você não precisa mais mentir dizendo que isso não importa: importa, sim! Ninguém aqui quer sair com um cara pra palitar os dentes, se é que você me entende. Defenderei cegamente neste livro a ideia de que não somos obrigadas a aguentar homem com peru pequeno!

Então, amiga, a moral da história é que você pode até dar uns beijos nesse amigo da sua amiga, mas nem vale o esforço da sua depilação ir além disso, é o tipo de coisa pra se fazer quando você não tem opção e está a fim de passar algum tempinho pegando qualquer cara, mesmo que seja um trouxa. Tipo uma pegadinha à tarde no aplicativo Tinder, sabe? E, pra concluir, se sua amiga encher muito o saco pra você pegar o amigo dela com aquela conversa filha da puta de que "ele é pra casar", mande ela ficar com ele, então, porque se fosse tão bom assim, ela mesma teria pegado.

**Poste em seu Facebook e no seu Twitter:**
Não sou obrigada a ficar com homem feio, problemático e com peru pequeno, não me depilei pra isso!
#manualderelacionamentosdadivadepressao

## FICANDO COM O CARA DO APLICATIVO

Amiga, Chat Line, bate-papo do UOL e chat via webcam é coisa do passado, a moda agora é conhecer os boys através desses aplicativos para smartphones, mais conhecidos como aplicativos de Fast-Foda. Esse método serve para você, que, assim como eu, tem toda a preguiça do mundo de sair periguetando todo fim de semana atrás de macho; isso não é coisa de moça de família e não se faz mais. Mentira, faz, sim, mas onde fica o comodismo?

Fazer aquele *make* todo, gastar na escova, se amarrar toda na cinta modeladora e ainda dar aquela aparada nos pelos só pra ir à boate, conhecer um cara que nem te paga um drinque e quer entrar a pé no motel? Não precisa disso! Hoje em dia basta baixar qualquer aplicativo de pegação e pronto, nem precisa sair de casa pra dar umas ciscadas. O mais comum entre eles, diga-se de passagem, é o Tinder, em que você pode dar um "OK" para as pessoas que te interessam ou passar a vez. Se o boy der um OK em você também, vocês podem começar uma troca de ideias numa janela privada. Agora, vem cá, isso também é um saco. Essa coisa de conversinha de começo de relação é sempre entediante, com aquelas mesmas perguntas clichês que enchem o saco, e cada um fala da sua vida como se fosse a coisa mais interessante do mundo: "faço faculdade de administração", "morei um ano fora do país", "tenho dois gatos e um cachorro", e por aí vai. É a maior lenga até chegarem à parte que mais importa, no fundo, para ambos: a pegação de fato. Dá vontade de pedir logo AMOSTRA DA PIROCA!

Isso faz com que os aplicativos não sejam muito diferentes dos bate-papos convencionais arcaicos que já conhecemos. No fim, é tudo a mesma porcaria. As pessoas podiam se poupar dessa conversa fiada toda, porque dificilmente alguém tem perfil nesses aplicativos pra conseguir uma relação séria de verdade, e quem quer algo sério provavelmente não vai ser interessante pra você. Os que te interessarem, que normalmente são os que não querem nada, sempre terão o papo no estilo: "Oi, tudo bem? Vamos transar? Endereço tá aqui, ó, blá-blá-blá", afinal, ninguém tem tempo a perder, mesmo que você torre o resto do seu pra ver novela à noite comentando tudo na timeline do Facebook.

A verdade é que, fora essa lenga-lenga toda, até dá pra conseguir uns peguetes pelos aplicativos, isso, é claro, quando o boy condiz com o que mostra na foto, porque hoje em dia o Photoshop e os filtros do Instagram estão aí pra todos e tem gente que usa e abusa, até ter uma overdose de retoque, transformando qualquer dragão em príncipe encantado – se bem que eu sei que a senhorita também deve abusar da massa corrida na cara… Enfim, o problema maior é quando o que parecia ser um cara escultural, musculoso, loiro de olhos azuis, pode ser na verdade um gordo buchão! Nada contra, há quem goste, mas então pra que usar uma foto *fake* dessas? Isso quando a foto não é de dez anos atrás, quando o boy ainda tinha cabelo. Não sou obrigada!

Isso serve pra você também, querida! Maneire nesses filtros e nas fotos tiradas em ângulos que disfarçam aquela gordurinha a mais, porque, quando você sair na rua pra encontrar o boy, não vai ter aquele borrão rebocado na cara tampando mancha e imperfeição, muito menos vai receber raios solares em tons rosa e amarelos pra dar um ar mais "vintage", como nos filtros do Instagram. Agora, se você quiser usar aquela cinta pra prender banha by Doctor Rey, fique à vontade!

Vou dar uma dica básica: sempre chegue ao local depois do cara, assim você pode conferir o produto de longe antes de chegar toda molhada querendo dar uns pegas. Se o cara for aloprado, dê meia-volta e aproveite a saída de casa para fazer compras. #soudessas

Porém, escapar de um encontro assim, sem mais nem menos, e sumir da vida do boy de um segundo para o outro pode parecer fácil, mas não é tão simples assim. Você pode ir até o boy, começar o encontro numa boa e sair desse enrosco em grande estilo de outra forma. Seguem algumas dicas de uma mulher vivida e Diva como eu.

## A louca: simule um ataque de loucura feminina

Faça a louca, grite, berre, se descabele, diga ao boy que você está sensível e ao mesmo tempo nervosa com situações pessoais. Se for o caso, derrube tudo que está na mesa do

"Um arrependimento chamado: devia ter pedido mais fotos de perfil."

jantar no chão, faça como as vilãs da novela, quebre tudo (vai dizer que nunca sentiu essa vontade?). Que tipo de homem vai querer beijar uma mulher histérica dessas? Do jeito que homem odeia esse tipo de ataque feminino, ele vai sair correndo da mesa, já temendo estar diante da futura senhora esposa dele.

## Ajudando azamigas: simule a ligação de uma amiga pedindo socorro

Essa é tão fácil que me sinto até ridícula em indicar a você, mas é tão certeira que não poderia deixar de fora. Simplesmente finja estar atendendo o celular e simule uma situação em que você tenha que sair imediatamente do encontro pra socorrer sua amiga. Como? Simples:

- Simule um ato de desespero e diga que sua amiga está parindo um filho e o marido dela não está em casa para levá-la ao hospital. Diga algo como: "A bolsa dela estourou, a casa tá toda inundada, preciso ir!". Nem precisa esperar o boy oferecer ajuda nem nada, rala peito!
- Simule que sua amiga foi assaltada. Assaltos sempre comovem as pessoas, aquela coisa toda de roubo, ficar sem os pertences, fazer B.O. na polícia, sabe como é... Basta dizer: "A minha amiga foi assaltada e está sem um real pra pegar o ônibus, preciso ir até onde ela está". Pronto, problema resolvido!
- Simule que sua amiga está presa num quarto de motel com um maníaco e que você precisa ir até o local imediatamente fazer o resgate da coitada: "Minha amiga está presa num motel do outro lado da cidade, preciso socorrê-la". Saia correndo, pois sei que você sabe correr de salto, toda Diva sabe.

Percebeu que qualquer desculpa que envolva o telefonema de uma amiga pedindo socorro é válida e funciona? Basta ter criatividade, amiga!

### Clássico: diga que sua mãe foi atropelada

Diga que sua mãe foi atropelada, ou que ela está presa no elevador do seu condomínio, ou que ela está com a saia presa na escada rolante do shopping... São muitas as situações que você pode inventar. O segredo de envolver a mãe é que, quando se trata da nossa mãe, não podemos dar desculpas para NÃO ajudar. Então, largue tudo na mesa e caia fora, basta dizer "minha mãe! Preciso ir!". A palavra "mãe" é mágica, nem precisa se explicar demais se estiver sem criatividade. Se você tiver peso na consciência por usar sua mãe como desculpa, use o nome de alguma tia que morreu, pois já tá morta mesmo, né?

### Uma diva de negócios: administrando os encontros

Se estiver conversando com dois caras ao mesmo tempo (fui boazinha, esse número sempre chega a no mínimo cinco caras), administre isso, faça uma planilha no Excel (salve naquela pasta oculta do seu trabalho) e coloque colunas descrevendo defeitos e qualidades como: "Tem carro? Tem peru grande? É empresário?". Vá conversando com todos. Aquele que te responder mais rápido vai merecendo mais a sua atenção, até que ela se concentre em apenas um deles. Se a atenção se voltar para mais de um cara, por que não encontrar um na sexta-feira e o outro no sábado?

### Poste em seu Facebook e no seu Twitter:

O jeito é dar "match" no sapo, pra ver se ele vira príncipe. Se não virar, não vai ser por isso que eu não vou sair pra causar.
#manualderelacionamentosdadivadepressao

## FICANDO COM O COLEGA DE TRABALHO

Temos aqui um caso muito comum de ficada rotineira: a ficada com o cara gostoso que trabalha com você! Quem nunca, não é mesmo? Esse tipo de aventura pode proporcionar momentos de diversão e excitação grandes, mas também pode ser um tiro no seu pé com unha malfeita, caso você seja burra.

Vai me falar que você nunca teve vontade de rolar na mesa do chefe de cima a baixo naquela pegação quente com o gostoso do RH, o nerd bobão de peru grande do TI ou até mesmo o boy rústico da expedição? Isso sem falar de ir dar uns pegas na escada de incêndio com o segurança – conheço bem seu tipo, amiga!

Ai, gente, chega de dar detalhes aqui que eu já estou molhando a minha poltrona francesa...

Quanto a estar ficando com o seu colega de trabalho, cuidado pra não ficar olhando com cara de tonta apaixonada muito tempo pro indivíduo, ainda mais se a mesa dele estiver no mesmo ambiente que a sua. À sua volta sempre vai ter a fofoqueira observadora que fica lixando a unha na hora do expediente, querendo alguma oportunidade pra te queimar – isso se ela não fizer também o papel da talarica invejosa querendo arrancar o boy de você.

Também fique atenta às câmeras do prédio; nunca se sabe quando você vai querer sair da empresa e começar a faltar pra ver se te mandam embora, e essas imagens podem lhe custar uma justa causa ou acordo!

Cuidado também com o horário do almoço. Sei que o fogo nessa perseguida queima mais do que o mármore do inferno e vai fazer você esquecer até que trouxe lasanha na marmita, mas contenha-se! Se ele te convidar pra almoçar todos os dias, vão começar a perceber, ninguém é idiota.

E, se o cara for de um departamento totalmente oposto ao seu em termos de localização dentro da empresa, vai dar mais bandeira ainda se vocês saírem às escondidas para almoçar juntos – já imaginou que vocês podem estar voltando do almoço e encontrar alguém da empresa no meio da rua? Péssima ideia!

Você terá que ser muito esperta e organizada. Aconselho você a criar uma planilha para organizar os seus horários e os horários do boy. Aquela saidinha pra ir fazer um xixizinho também pode ser uma desculpa pra dar uns pegas sem levantar suspeita, mas lembre-se: lave as mãos.

Quer ficar com o colega de trabalho? Então faça um *happy hour* num local distante da empresa, vá pra casa dele, ofereça--se... É o mais adequado. Nunca vai ser namoro sério, porque onde se ganha o pão não se come a carne – a linguiça, no caso. Uma hora ou outra isso vai começar a feder, mais do que sua marmita suja dentro da bolsa.

**Poste em seu Facebook e no seu Twitter:**
Às vezes a escada de incêndio é usada para outro tipo de fogo.
**#manualderelacionamentosdadivadepressao**

## FICANDO COM SEU CHEFE

A única coisa que te pergunto é: até onde você está disposta a ir pra segurar a sua vaga nessa empresa xexelenta, que te paga mal e nem ao menos te dá um vale-alimentação digno? Ficar com o chefe é megaperigoso, mas, se o emprego for um lixo, o que você tem a perder? Ainda mais se o cara for uma delícia, de peru grande e conta bancária milionária, ou mesmo que seja só pra ganhar uma carona até em casa. Pelo menos metade das minhas amigas já ficou com seus chefes e algumas poucas até se casaram com eles.

Ficar com o chefe pode segurar o seu emprego por um tempo, mas ele pode também cada dia exigir mais. Transar na mesa dele pode ser legal por um tempo, mas quero só ver o que você vai achar quando ele te pedir pra fazer sexo oral nele por baixo da mesa, em meio a uma reunião importante. Tá, eu sei que você amou essa ideia também, mas e se alguém te pega com a boca cheia? Você ainda tem um pouco de vergonha na cara, né? Acha que dá pra ficar a vida inteira assim? Claro que dá! Mas será necessário muito cuidado, pois o recalque alheio será grande – logo você se tornará o assunto da empresa, seja pelo Facebook ou pelo e-mail da equipe. Conselho: pegue esse homem mesmo, sem medo, cate toda a grana que ele possa te oferecer e esfregue na cara das outras funcionárias da empresa, afinal, falar mal de você por trás elas já falam mesmo, então que se dane, esfregue e ostente mesmo.

Outro possível ponto negativo é que ele pode estar fazendo isso com a outra metade das suas colegas de equipe, afinal, chefe não faz só uma reunião importante por semana, então concluímos que existe tempo e espaço para mais boquetes que não só os seus. Logo você poderá ser substituída, e isso pode significar demissão. Por isso, sempre aconselho: grave tudo para uma possível chantagem. Claro, querida! Tá achando que a vida é conto de fadas? Não, isso é a vida real e ninguém pagará suas contas quando o seu chefe te mandar pra rua da amargura, logo, esse será o seu pé-de-meia. Existem outros métodos mais arcaicos, como dar aquela engravidada básica, mas imagine aguentar os pentelhos chorando de madrugada!

Não sou obrigada. Sem falar que não estou a fim de ver os meus peitos caírem agora. Pode ser que você nem tenha conseguido nada com seu chefe ainda, que ele nem tenha reparado em você e que essa coisa toda sobre pegar chefe na mesa, embaixo dela e sair com ele depois do expediente pra um motel luxuoso seja só coisa da sua cabeça. Para isso separei algumas dicas de como conquistar o seu chefe, afinal ele não é somente um homem comum, ele é o homem que paga o seu salário, ele é o homem que faz aquele seu rala coxa no funk de fim de semana ser possível! Conquistar o chefe e fazer com que ele repare em você vai um pouco além de uma piscada ou um resgate de calcinha.

### Fazendo a panicat: use roupas curtas

Se no seu local de trabalho essa questão do *look* for mais liberal, então fica mais fácil entrar na sala do chefe pra entregar aquela impressão do relatório que ele pediu usando uma roupa mais provocante. Não se esqueça de apoiar uma das mãos na mesa, inclinar todo o corpo para a frente e entregar o papel com a outra, assim você pode mostrar a cavidade dos seus peitos num decote bem safado! Outra ideia ousada é dar aquela xerocada na bunda e misturar aos outros impressos – só tome cuidado pra não quebrar a máquina, porque o desconto em folha é alto.

### Fazendo a Palmirinha: agrade com comidinhas

Todo chefe é folgado e adora umas comidinhas durante a tarde e no meio do expediente. Sendo assim, amiga, você pode deixar bombons na mesa dele, biscoitinhos, suquinhos... Você pode sempre dar a desculpa de que "isso é tão gostoso, você tem que experimentar!". Lembre-se de que o uso de roupa curta também é muito válido nessa ocasião – se antes você usava roupa curta somente pra entrar na sala dele e entregar papéis, agora você vai entrar de roupa curta e com comida na mão. Melhor ainda! E se a coisa começar a ficar muito quente, você pode soltar, como quem não quer nada: "Mais tarde pode ter a sobremesa, se quiser!".

### Fazendo a boa funcionária: concorde com ele em todas as reuniões

Se a sua empresa é daquelas que fazem reunião por qualquer motivo e seu chefe não cala a boca nelas, chegou o momento de você começar a puxar o saco dele em todas essas ocasiões e concordar com tudo que ele disser. Isso vai fazer as suas colegas de trabalho te odiarem mais ainda, mas quem liga? O importante é concordar com o seu chefe magia e fazê-lo perceber, ainda mais, que você é uma aliada e está ao lado dele em todos os momentos.

Se o *boss* estiver sentado bem à sua frente, tocar a perna dele com a sua também pode ser um sinal de que você está a fim. Comece de leve, toque uma ou duas vezes "sem querer", e, se o cara despertar alguma reação positiva, comece a fazer isso com mais frequência. Hoje você esfrega sua perna na perna dele, amanhã pode estar esfregando outras coisas em outras coisas dele! Saiba empreender!

### Poste em seu Facebook e no seu Twitter:
Na empresa da vida, o meu nome é marmita.
**#manualderelacionamentosdadivadepressao**

# Status: namorando

## CHOVE E NÃO MOLHA: É OU NÃO É UM NAMORO?

Muito foi dito sobre ficadas nos tópicos anteriores e ficou claro que elas nunca dão em nada, mas na sua vida podem acontecer milagres, ou não... Aliás, sim! Não, espere, pelo menos um pouco – na verdade, nem você sabe.

Acontece que aquela ficada quente começou a se tornar rotineira, era cômodo para os dois e foi indo, indo, indo até que chega a um ponto que você não sabe se é namoro ou não – aí você não sabe se deixa a escova de dentes na casa dele ou a calcinha secando no box e, pra piorar essa merda toda, vem aquele monte de gente sem noção (porque é claro que todos já sabem que você fica com ele) e fica perguntando se de fato você está namorando. Isso quando você não está andando com o boy na rua, encontra aquele semiamigo e ele pergunta: "É seu namorado?". Aí você fica com aquela cara de quem foi comida e não gostou.

Por mais que nós, mulheres, sejamos muito mais fortes, lindas, maravilhosas, muito mais macho que muito homem e donas da última palavra, não somos obrigadas a decidir isso sozinhas, e nem podemos, afinal, uma relação é feita por duas pessoas, não só pela sua vontade de desencalhar! Porém, até quando esse boy vai te levar ao Habib's, pagar um período de três horas no motel, te comer e cair fora? A verdade seja dita: esse cara não vai te pedir em namoro, nem adianta fazer a Maria do bairro cheia de drama; você acha que ele vai abrir mão de sua liberdade, sendo que tem sua perereca pra sapecar quando bem entender? É um "problema" frequente, porque, como eu já

"Se você acha que vai me conquistar com chocolates, acertou."

disse antes, isso gera um comodismo das duas partes, e, quando vocês veem, já estão praticamente casados (Deus me livre e guarde), só que sem a parte do anel no dedo.

Como fazer para saber se estão realmente namorando? A resposta é: não há como saber até que um dos dois tome a frente e fale abertamente a respeito, além, é claro, de alterar o status de relacionamento do Facebook, ou seja, vai dar merda ou vai dar certo. O que você prefere?

Homens são todos lerdos, aliás, são lerdos porque querem, pois na hora de prestar atenção na porcaria do futebol eles se saem melhor do que os próprios jogadores. Se for cômodo pra você e realmente não fizer diferença na sua vida, em outras palavras, se está bom pra você assim, faça a Kátia Cega e não se importe, mas, se sua vontade é de constituir família, é hora de agir!

Caso você não aja, pode ocorrer de ele começar a fazer coisas sem perceber, do tipo te convidar pra um churrasco com os amigos e soltar no meio de todo mundo: "Essa é a minha namorada"... Tudo lindo, embora você não saiba se poderá fazer o mesmo. Bem, se ele te apresentou para os amigos e a família, já é um bom sinal, mostra que ele não tem vergonha de você e que também não está escondendo nada.

Repito: homem é um bicho desligado do mundo, mulheres jamais fariam isso, a menos que queiram. Então, amiga, se você está disposta a namorar mesmo essa anta, vai ter que começar a fazer suas macumbas, dança da chuva, dança do acasalamento, chave de pepeca, sei lá, se vira!

Olha, em hipótese alguma você vai apresentar esse ficante/namorado pra sua família sem ter certeza de que é namoro ou não. Família é sinônimo de ficar causando demais pra isso, e ninguém aqui tá a fim de aguentar familiar enchendo o saco, principalmente sua mãe falando "eu te avisei" e a parentada gorando sua vida amorosa, sem falar das primas solteironas que são até capazes de dar em cima desse boy. Jogue indiretas nesse homem até ele se tocar, e, se não se tocar, se mande logo, porque pinto repetido não satisfaz pepeca nenhuma por muito tempo. É brochante homem sem atitude! Você não passa creme da Victoria's Secret nesses peitos todos os dias pra isso!

**Poste em seu Facebook e no seu Twitter:**
Ou fode ou sai de cima!
#manualderelacionamentosdadivadepressao

## VALE A PENA VER DE NOVO: NAMORANDO E TERMINANDO, NAMORANDO E TERMINANDO...

Esse tipo de relação é a verdadeira terceira guerra mundial: quando sai briga, só falta se atracarem e se esbofetearem e foda-se a senhora lei Maria da Penha, com direito a polícia, barraco e Datena. É homem batendo em mulher, é mulher chutando o saco do homem, cachorro latindo e criança gritando, afinal, respeito pra quê? Ao mesmo tempo, se perdoam com a maior naturalidade da vida, como se nada fosse. Traduzindo: pura frescura no cu. Terminam com a facilidade com que se levantam da cama e bebem um gole de café! E todo mundo fica sabendo, ainda mais quando cai na boca da vizinhança. Isso é bem aquelas coisas de pessoas que vivem postando tudo no Facebook, tanto o desabafo após a briga quanto a foto da reconciliação no motel.

    Em geral, o casal costuma agir assim depois da briga: joga aquela indireta no Facebook e começa o desabafo para os amigos, dizendo que o outro não presta, que não sabia o que estava fazendo da vida e que nunca mais voltará pro boy. Depois, tem o ritual de jogar fora tudo que o boy deu, tacar a aliança bem longe, apagar todas as fotos dele com você no Facebook, queimar as pelúcias, cartas de amor – só não as roupas, porque aí é burrice. Pra finalizar, aquela mudada no status do relacionamento, seguida de um check-in em alguma baladinha com a legenda: "feliz". Eis que passa uma semana, e adivinhe com quem você reatou. Por mais que os amigos e a família tenham aconselhado, não adianta, você adora esse vaivém, principalmente na parte da reconciliação, sem falar da briga com os amigos por você ter voltado pro traste de que reclamava tanto.

Quando reatam fica aquela coisa que dá até nojo de olhar, ficam se beijando em qualquer lugar – estação de ônibus, de trem e de metrô, bem naquele estilo "beijo estralado", em que dá pra ouvir o barulho da saliva com sabor de marmita. Vai me falar que você nunca viu um casal se lambendo nas estações? Pode ter certeza de que é a reconciliação de um quebra barraco, e, se a moça estiver com o cabelo molhado, quer dizer que acabaram de se reconciliar no motel e estão se despedindo, afinal, pobre não pega pernoite porque tem que levantar cedo no outro dia.

Hoje em dia, o lado bom dessa relação é que você pode ficar famosa: basta ir a algum programa de TV naquele estilo "Me perdoa" ou algo do tipo, em que o cara faz um monte de merda e vai pedir desculpas no palco. No fim seu namorado vai entrar com rosas vermelhas e um coração de pelúcia enorme, com bracinhos pedindo abraço e bordado com a frase: TE AMO UM TANTÃO ASSIM! Olha que coisa mais linda, chique e fina de se presenciar! É possível! Acredite.

Poste em seu Facebook e no seu Twitter:
Em discussão de marido e mulher, não se mete a colher, porque no final é você que sai queimado.
#manualderelacionamentosdadivadepressao

# NAMORANDO A DISTÂNCIA

Não consegue namorar por muito tempo porque enjoa do boy? Detesta gente grudenta que fica o tempo todo enchendo o saco, aparecendo do nada pra te buscar na faculdade ou no trabalho? Hum, pelos meus conhecimentos você não nasceu para ter um namoro comum, você é feita para um namoro a distância. Se antigamente essa prática não era muito aconselhada por causa da falta de contato, hoje em dia temos milhões de recursos para você manter esse tipo de relação com o boy.

Por isso não precisa temer envolver-se com o boy que mora longe, mas que te interessou, pode dar em cima sim, amiga! Aproveite e mande aqueles vídeos sexy, faça aquela brincadeira básica pela webcam, cheia de conversa sacana, mas cuidado: lembre-se de tapar essa sua cara pra não virar a conversinha do WhatsApp com seu vídeo vazado!

O problema mesmo é quando esse relacionamento fica mais sério, bate aquela carência e o boy está longe – aí, se for pra ficar reclamando no Facebook, postando foto do namorado todos os dias com dizeres de saudade e toda essa coisa chata que ninguém tá a fim de ler, nem comece essa relação, por favor! O mundo já tá cheio de gente pé no saco que só sabe praguejar, inclusive eu.

Esse é o lado negativo de namorar a distância: você não tem como suprir a necessidade física de ter seu namorado por perto sempre, então conforme-se. Você está nessa porque quer, ninguém te obrigou a nada, é você mesma quem vive falando que "o amor supera barreiras", então ele deve ser suficiente pra superar a barreira da sua falta de noção em ficar reclamando e fazendo mimimi por causa de saudades também!

Saia, faça compras, tire fotos com suas amigas no banheiro do shopping ou nos espelhos da escada rolante, seja uma "rolezeira" da vida! Afinal, você namora, mas não está morta! Seu boy, que mora em outra cidade, país, planeta, tem a vida dele também! Você pensa que nos fins de semana ele fica mexendo no pinto e olhando pras suas fotos? Acorda, toiça! Esse tipo de namoro pode ser muito bom se você for uma mulher que confia em si mesma – imagine só, você nem corre o risco de enjoar do cara, e, quando encontra com ele, as paredes tremem, é roupa voando pra todo lado, boca aqui, boca ali, é tudo mais divertido! Então tire esse cu da cara, vá passar um batom rosa nude e piranhar com as amigas por aí!

**Poste em seu Facebook e no seu Twitter:**
O que os olhos não veem, o coração não sente, muito menos os chifres. (Poste junto a foto de um boi.)
**#manualderelacionamentosdadivadepressao**

## NAMORANDO UM CARA CASADO

Nesse caso a gente enfeita como namoro o que na verdade se chama "caso". Ser a outra é considerado por muitos imoral, mas na minha opinião isso é recalque de quem lava a cueca do marido por você. Ser amante é tudo de bom e, ao mesmo tempo, é não ter vergonha na cara: nem sempre o que é bom é certo, né? Se você é a amante, fica só com a parte boa da relação, como passeios, presentes, viagens, e nem precisa conhecer a família do boy – ênfase na sogra. Mas não seja ingênua, amiga, fique ciente de que amante é amante, esposa é esposa, você não passará disso, e, caso passe, logo ele arranja outra e você se torna a corna da história.

    Falando em corna, você é mulher e sabe que a gente não é trouxa; normalmente a esposa sabe das puladas de cerca do marido, por isso, tenha muito cuidado, tá na moda a mulher pegar a amante e fazer vídeo espancando ela. Espancar o marido safado, que é bom, nada. Enfim, com certeza a esposa sabe, ela sempre sabe, até porque mulher tem o sexto sentido das coisas e percebe tudo muito rápido, por mais tonta que ela seja. Muito provavelmente ela é dessas que têm medo da instabilidade da vida e prefere levar chifres a ficar sozinha, ou seja, é mulher de homem malandro, deve torrar todo o cartão de crédito dele, e pra ela isso deve bastar, afinal, ele senta a piroca nela esporadicamente e tá tudo certo. Já falei sobre comodismo antes, aqui é a mesma coisa; com certeza ela também deve ter seus casos por aí, e eu superapoio e sou dessas. Agora, se você é daquelas que sonha que o boy vai largar a família pra ficar com você, então tá esperando o que pra dar um basta nisso? Não dá pra ficar nessa, o idiota tem duas pepecas à disposição pra comer qual ele quiser, e, quando você estiver a fim de ficar com ele, vai ser sempre a vez da esposa e você vai ficar na sua casa assistindo *Ghost* sozinha, tomando um pote de sorvete e chorando enquanto ele come a condenada chifruda! Olha que situação mais linda, né? Por isso eu digo, não se pega homem casado por dois motivos: você não ia nunca gostar de saber que seu marido come outra por fora e homem nenhum é gostoso o suficiente pra se achar no direito de ter duas mulheres!

    Concluindo: homem não presta e você não presta mais que ele se estiver compactuando com essa coisa toda de traição, mas ainda tem salvação, amiga! E não estou falando de igreja

Nível de atuação: "Não é nada disso que você está pensando."

evangélica nem de ritual satânico, estou falando de acordar pra vida mesmo. Já que a esposa dele é outra tonta que muito provavelmente sabe dessa parafernália toda, por que você não escancara pro mundo todo? Use o poder das redes sociais a seu favor: pelo menos uma vez nessa vida, não poste fotos de cachorrinhos com frases de bom-dia, poste uma foto sua com o canalha e mostre pra todo mundo o "casamento feliz" que ele tem. Já que é pra ser uma destruidora de lares, faça isso direito, assim você acaba com isso de uma vez por todas! Diva que é Diva sempre arranja um jeito de sair por cima.

Poste em seu Facebook e no seu Twitter o link da música tema dessa relação errada com a frase:
Casado também namora, mas também leva chifre.
#manualderelacionamentosdadivadepressao

## NAMORANDO PRA NÃO FICAR SOZINHA

Sabe quando aquela sua amiga baranga casa e você fica pensando: "PQP, até essa baranga casou e eu que sou arrumadinha tô aqui jogada às traças!". Daí vem aquele sentimento de "fiquei pra titia". E por falar na titia, ela sempre está presente pra te perguntar: "E os namorados?".

Juntando a carência e a falta de dar, você vira alvo fácil para aquele tipo de cara que sobra, aquele que puxa assunto e você ignora, sabe? Aquele que você pegou no final da balada só pra não sair no zero a zero. Logo esse boy vai te chamar pra ver um filme, todo romântico, te tratar como uma deusa e pimba!, você vai namorar o cara, não por tesão, mas porque é o que está tendo pra hoje.

Depois é aquilo, quando você quiser sair pro cinema sem se sentir avulsa demais, você tem aquele namorado capacho que serve pra tapar buraco e satisfazer suas vontades. Não está ruim, mas não está bom, mas também seria pior sem ele, dá pra entender? Quando você namora pra não ficar sozinha, nada mais é do que empurrar a situação com o *piercing* do umbigo. Comodismo... puro comodismo. É o velho pensamento pequeno: chega o Dia dos Namorados e você não quer ficar sozinha, chega a festa do casamento de algum parente e você também não quer chegar lá sem ninguém. Menina, se você for dessas, você acha que precisa mesmo disso? Você provavelmente é bem daquelas que faz tudo mais ou menos, o sexo é mais ou menos, o beijo é mais ou menos, se veste mais ou menos e tem a conta bancária mais ou menos. Simplesmente não rola química entre vocês dois e mesmo assim você não sabe dizer o porquê de ainda estarem juntos.

Se você terminar essa palhaçada logo, ok, agora, se você insistir, quando menos esperar, vai estar buchuda e casada. Não que isso signifique muita coisa, mas lembra o que eu disse sobre divórcio e custos? Haja saco, isso se ele não for daquele tipo dramático que fala que vai se matar sem você, que vai em programa de barraco de família na TV só pra te forçar a ficar com ele. Cuidado, esse tipo de homem pode até furar a camisinha só pra te engravidar – é o famoso golpe da barriga masculina.

Poste em seu Facebook e no seu Twitter:
Antes só do que mal comida!
**#manualderelacionamentosdadivadepressao**

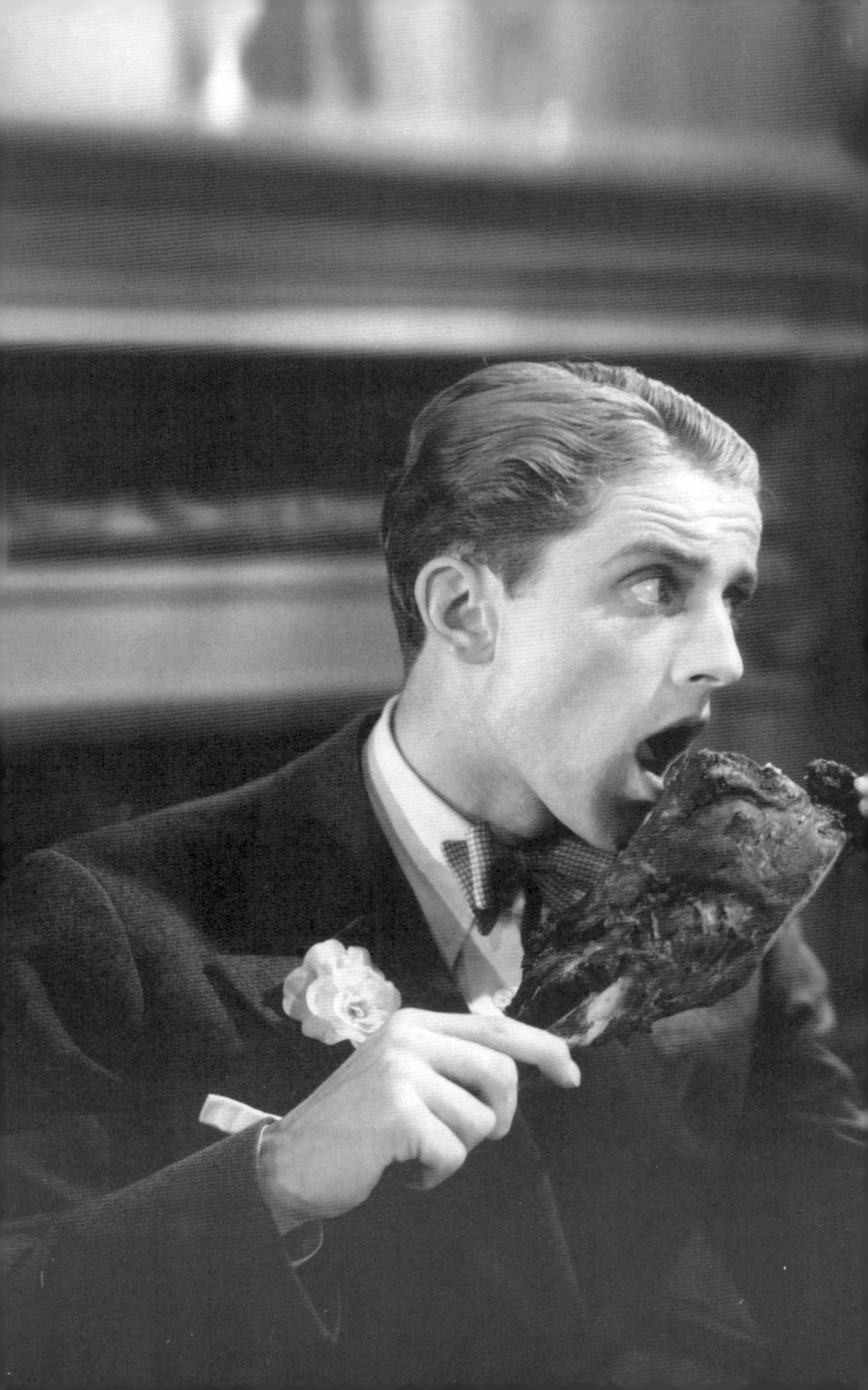

# Capítulo 3

"Já gastei com cabelo, maquiagem e roupa, não sou obrigada a dividir conta nenhuma."

# Clássicos e tabus do primeiro encontro

*A* não ser que você seja muito feia ou muito chata, uma hora ou outra você vai ter um encontro marcado ou alguma amiga vai arranjar algum encontro pra você. Até as feias amam, ou, como diria nosso velho sábio pensador e filósofo Silvio Santos: não existem mulheres feias, existem mulheres que não conhecem os produtos Jequiti. Sem falar que às vezes o problema não está em você, mas sim nos homens, que ora são muito exigentes, ora são muito moles. Enfim, você batalhou muito e finalmente conseguiu um primeiro encontro. E agora? Fique calma, amiga! Primeiro, entre em contato com sua amiga revendedora da Jequiti e compre produtos de beleza. Segundo, siga os conselhos da Diva, afinal, o mais difícil você já conseguiu, o boy! Vamos às dicas da Diva que com certeza te ajudarão a passar pelo primeiro encontro e garantir o segundo, ou pelo menos uma bimbadinha fora da rotina.

## PREPARE A DEPILAÇÃO – VOCÊ TEM UM PRIMEIRO ENCONTRO

É, você tem um primeiro encontro (amém). Não importa se ele é fruto de uma periguetagem no aplicativo de pegação, uma troca de ideia com o cara da faculdade, trabalho, cursinho, macumba ou até mesmo do bate-papo do UOL, afinal, ser *vintage* é estar na moda – o importante é que você tem um primeiro encontro, o que já é um bom motivo pra se depilar.

Ter um primeiro encontro marcado é o suficiente pra você se sentir dentro do transporte público lotado mesmo sem estar, ou seja, você sua feito uma porca, fica vermelha, sente o corpo todo tremer, sente pontadas nos pneuzinhos que sobram pra fora da calça, praticamente uma convulsão. O negócio está tão feio que mesmo a perspectiva de um primeiro encontro sem a certeza de que ele vá dar certo já é motivo pra soltar rojão na rua e ficar desesperada, porque daí você começa a pensar em milhares de coisas que toda mulher pensa, mesmo que negue até a morte: o que vestir, qual batom passar, qual perfume usar, blá-blá-blá.

Diva que sou, falarei tudo sobre o primeiro encontro e o que você pode esperar dele, afinal, Diva que é Diva entende o pânico alastrado de outra Diva.

## NEM SANTA, NEM PUTA – ESCOLHENDO O LOOK CERTO

Sei bem que você é dessas que, diante da situação de um primeiro encontro, convida a sua outra amiga encalhada pra ir ao shopping com você pra te ajudar a escolher uma roupa para a ocasião e as duas já aproveitam para comer aquele lanchinho básico no McDonald's, como se a sua amiga entendesse alguma coisa de moda (ainda mais se é daquele tipo de amiga para quem moda é comprar roupa cinco números menores do que realmente usa). Daí você chega toda afobada ao shopping e entra em todas as lojas, faz a vendedora tirar todas as peças da prateleira e não leva nada. Depois faz um *pit stop* para uma casquinha no tal do Mac, volta à caça da roupa e acaba levando um look basiquinho dividido em oito vezes sem juros no cartão da loja de departamentos. A questão é: você escolheu bem o look?

## DECOTES E BLUSAS

A lenda do "sexy sem ser vulgar" deve ser aplicada aqui. Use um decote moderado; seus peitos não precisam pular na cara dele, mas também não precisam se esconder por completo, esprema o peito até onde der, amiga! Se ainda assim não for o suficiente pra despertar o interesse alheio, preencha com papel higiênico o espaço vazio! Nada de usar sutiã com alcinha de silicone, você não está indo à feira comer pastel com caldo de cana e ninguém está a fim de ver as marcas vermelhas que essas alcinhas deixam no seu ombro, sem falar das espinhas nas costas. Lembrando que se esse decote não garantir sucesso no primeiro encontro, ele com certeza garantirá desconto na hora de rachar a conta.

Na hora de escolher a blusa, pelo amor de Coco Chanel, não use nada que mostre seu *piercing* no umbigo. Você pode adorar, mas todo mundo acha feio e brega, sem falar da cicatriz da queimadura quando você encostou na frigideira quente e da marca de catapora mal curada. Outro detalhe importante é aquela tatuagem de coelhinho da Playboy ou pimentinha na entrada da virilha: talvez na sua adolescência isso fosse sexy, hoje é sinônimo de passagem pela cadeia, e você não quer assustar o boy de cara, não é?

## SAIAS E CALÇAS

Nem ele nem mais ninguém é obrigado a ver seu joelho branco ressecado, então uma saia na altura do joelho deve ser o suficiente, até porque você não quer parecer que está indo ao templo de Salomão, né? Se optar por usar calça, lembre-se de usar algo do seu tamanho, pois, além de ser mais confortável,

Look do dia:
"Vou de hoje eu tô facin ou hoje não, Faro?"

não te deixa com aquelas bordas de cheddar na lateral do corpo. Todas nós temos aquele excesso de gostosura no corpo, mas também não precisa salientar com algo que te faça parecer uma linguiça de açougue. Também não precisa usar a calça enfiada no útero, pois, independente da ocasião, ninguém quer ver sua pepeca rachada no jeans ou na legging.

## O MAKE CERTO

Amiga, você está indo a um primeiro encontro, não indo trabalhar no Cirque du Soleil. Nada de exagerar no make a ponto de ser confundida com o Bozo. Relaxe essa mão na hora de passar o blush, que ninguém aqui quer ver a senhora com cara de quem levou chinelada nas bochechas. Na escolha do batom, nada de rosa-xereca ou coisa muito *nude*, chocante, senão vai parecer que você comeu terra. Capriche nas cores ousadas e que deixam o boy com vontade de morder. Evite sobrancelha de hena feita por profissionais de gosto duvidoso, sombras muito *dark* e delineador tremido – você quer parecer uma boneca de porcelana, não a Annabelle.

## SAPATOS E SANDÁLIAS

Primeira coisa: antes de escolher se você vai usar sapato fechado ou sandália, é importante rever a composição do restante do look para você não ficar parecendo uma salada de frutas. Eu sei que você está louca pra usar aquela Melissa de plástico com cheiro de chiclete, mas lembre-se de que ela te faz mancar feito uma pata, portanto, use algo confortável e elegante. Nada de usar aquelas sandálias surradas cheias de tiras de ir para o funk, muito menos aquelas tamancas mofadas de madeira dos anos 90 que você insiste em manter no seu guarda-roupa, jurando que está abalando. Chinelo, nem pensar: a sola do seu pé ficaria toda preta de sujeira e isso não é nada chique (nesse caso, o chinelo combina muito bem com a alcinha de silicone para ir à feira). Falando em pé sujo, lembre-se de dar uma hidratada nesse calcanhar rachado e sofrido, vai que rola uma trepadinha depois desse encontro e o boy tenha fetiche por pés. Nem preciso falar pra fazer as unhas, né?

Se for usar sandália, que seja uma que comporte todos os seus cinco dedos dentro da base, nada de deixar o dedinho fugindo pros lados. Unhas decoradas são terminantemente proibidas.

## CORES E TEXTURAS

Também não precisa comprar nada fluorescente, a intenção não é causar convulsão no boy; use tons sóbrios, elegantes, ainda mais se for à noite. Use o bom senso, pelo amor de Deus (bom senso não é uma marca de roupas, ok?)! Jamais dê ouvidos à amiga que está ao seu lado escolhendo o look com você (já falamos dela umas linhas atrás)! Ela acha que você mora no zoológico e vai querer fazer com que você compre saia de zebra e blusa de onça com casaco de tigre, coisa de gente fina, sabe? Estampa de animal só é legal em animal, ou naquela inimiga vaca.

Transparências são bem-vindas em alguns casos, mas tudo que é usado em excesso fica péssimo. Evite mostrar demais a esse homem, pois para comer o bombom é preciso desembrulhar antes. Em outras palavras, você tem que manter em segredo a melhor parte da coisa. Criar clima de mistério faz parte do primeiro encontro.

É importante saber que, independente dessas dicas todas, você precisa estar de bem com você mesma antes de mais nada. Sentir-se bonita é primordial quando a sua autoestima vem em primeiro lugar.

Vá para a frente do espelho e faça a Nazaré Tedesco (lembra? *Senhora do Destino*?), diga a você mesma que você é linda, que está arrasando e que o tempo só te fez bem, mesmo que não seja verdade!

Poste uma foto do seu look no Facebook e no seu Twitter com a seguinte frase:
Look do dia: vestida para matar as inimigas de inveja.
#manualderelacionamentosdadivadepressao

## MOMENTO GLORIA KALIL: COMPORTANDO-SE COMO UMA DIVA

Deveria ser lei, mas, como não é, eu decreto como regra: você precisa se comportar como uma Diva nesse primeiro encontro! Ainda mais se você quer fisgar o boy pra valer. Tome muito cuidado com o cardápio, nada de pedir de tudo um pouco – você não pode fazer a linha trabalhadora da construção civil logo de cara, senão o boy vai pensar que você é dessas que vão à churrascaria de domingo, comem como uma porca sem limites e desabotoam a calça jeans para deixar a pança à vontade. Meu Deus, que coisa de pobre! Então, por favor, amiga, não me faça nada disso! Seja fina pelo menos uma vez nessa sua vida de assalariada! Encha a pança em casa e, chegando ao local escolhido para o encontro, peça um prato leve, uma entrada, saladinha básica, comida de passarinho mesmo, depois peça o jantar e coma moderadamente, tomando sempre cuidado para aquela alface básica não se alojar no meio dos seus dentes e atrair a atenção total do boy. Perder pra alface é humilhação demais.

Não beba nada com álcool, no máximo um vinho para brindar com ele, mas ficar bêbada estragaria tudo: você vai começar a rir demais ou ficar depressiva, e isso não é bom; quando estamos bêbadas falamos demais e você pode falar muita coisa que não deve, do tipo: "Já chupei um boy no banheiro público", ou começar a falar do seu ex, o que seria pior ainda.

Nada de sobremesa muito engordativa, você não vai querer que ele pense que em cinco anos você vai estar maior do que um bexigão de aniversário infantil com balas e chicletes dentro. Peça algo light, ou nem peça, vai que não tem nada light na espelunca em que vocês estiverem jantando e você se entrega à musse de chocolate ou à torta holandesa?

Agora você me pergunta: por que não devo comer muito, já que provavelmente é o boy que vai pagar toda a conta?

Eu tenho a resposta, meu bem! Se depois desse encontro você for pra cama com o boy, vai estar cheia demais pra ficar chocalhando de um lado pro outro e rolando em cima da cama, vai que você solta uma "gorfada"? Sem falar que pode rolar uma vontade de ir ao banheiro e fazer o número dois, e fazer o número dois dentro do motel na primeira noite de sexo é contra todos os parâmetros de uma vida a dois. O cheiro do cocô pode invadir o quarto, ou pior, o cocô pode ficar entalado na privada e o boy ver aquela obra de arte. Assim fica difícil o peru dele subir. Nem vou falar da possibilidade de você estar montada nele e começar a soltar gases. Que deselegante! Portanto, pegue leve no prato e no feijão, querida!

Faça o check-in no restaurante e marque três amigas encalhadas, além da hashtag:
#manualderelacionamentosdadivadepressao

## SEGURE A CARTEIRA: QUEM PAGA A CONTA?

ELE, É CLARO! Você é uma mulher independente, eu sei, tem que se garantir e sair prevenida, rica, poderosa e com cartão de crédito de limite infinito. Apenas acho que você não é obrigada. Se ele está interessado, ele que arque com isso, pelo menos na primeira vez! Você pode até ter um grande interesse, mas não vai morrer por isso, então ele que pague toda essa brincadeira, ainda mais se quiser te comer depois, que aí já é outra história.

Faça a conta de quanto você já gastou com esse primeiro encontro: seu look, o make, o cabelo, a depilação, tudo isso deve ser levado em consideração, enquanto muito provavelmente ele só tomou um banho e vestiu uma camisa de time, isso se não tiver só lavado a cabeça do peru na pia do banheiro na esperança de receber um boquete. Isso não é machismo, são finanças!

Se o cara te convidar para um bom restaurante, já é sinal de que ele tem grana e vai bancar; se for pra um dogão na esquina com suco grátis, nem aceite, isso não vale sua depilação a laser. Se ele fizer o bebum e disser que esqueceu a carteira, pague logo essa porcaria, seja rica, nem que tenha que parcelar o jantar, não é da sua laia choramingar por 500 reais, né? Se o rapaz fizer jus ao que tem no meio das pernas, mesmo que não seja avantajado, e pagar mesmo a conta, você pode lindamente se oferecer para pagar a metade nos próximos encontros, ou até mesmo pagar tudo, por que não? Ainda mais se for você quem quer dar uma depois da sobremesa.

Tire uma foto da conta e poste no Facebook com a hashtag:
#manualderelacionamentosdadivadepressao

## TEST DRIVE: DORMIR OU NÃO DORMIR NA PRIMEIRA NOITE?

O que digo é: se você está com vontade, por que não? Há quem vá te chamar de puta, de piranha, de biscate, mas isso é coisa de gente que não vê rola há muito tempo, você não é obrigada a aguentar a amargura dessas pessoas. Ainda mais se o jantar foi muito bom, a conversa fluiu e ficou aquele gosto de quero mais... E vamos combinar, ninguém aqui tem mais idade de ficar só nos beijinhos, encapando o peru, que mal tem? Trepa mesmo! Você é dessas que beijam em cima e esquentam embaixo, que eu sei.

Agora, não vá me deitar com qualquer um que te pagou uma esfiha no Habib's, porque sua pepeca também não é festa! Tem que ter bom senso, e, mesmo se a carência falar mais alto, mande ela calar a boca, porque de cada 10 homens, 8 têm pau pequeno, então não dá pra deitar com o cara na esperança de que o pau dele salve a noite, sendo que o pau do sujeito mal deve dar conta do 5 contra 1, estamos entendidas?

Se ficar na dúvida quanto ao tamanho, dê aquele leve abraço na despedida, com aquela ralada de coxa básica. Se sentir a coisa batendo no seu joelho, vai fundo, o peru é bom, se parecer um Halls no bolso, o peru é mau. Nos casos de "eu estou naqueles dias", é necessário muito jogo de cintura pra ser prazeroso, mesmo não rolando a penetração. Diga para o boy que não é do tipo de dar no primeiro encontro, mas que rola aquela chupadinha básica.

### Poste em seu Facebook e no seu Twitter:
Se o sexo for bom, poste "bom dia faceamigos" com o status "se sentindo feliz", para todo mundo já sacar que você deu. Se for ruim, entre na página da Diva e compartilhe uma de nossas frases. Com certeza isso fará você se sentir melhor.
#manualderelacionamentosdadivadepressao

## ME LIGA, ME MANDA UM TELEGRAMA: LIGAR OU NÃO LIGAR NO DIA SEGUINTE?

Só se for ligar pra amiga, contar tudo o que aconteceu, falar mal de tudo, mesmo que tenha sido bom, e dar risada. Homem nenhum merece o esforço de um telefonema no dia seguinte, porque muito provavelmente ele estará num bar tomando cerveja com os amigos e contando como foi gostoso te comer.

Isso é coisa de homem. Pode ser o mais puro e casto possível, que vai ser assim, homem é um bicho escroto.

Sugiro que no dia seguinte você não só ligue pra sua amiga, mas saia com ela, vá ao cinema, fale mal do boy à vontade e "escrotize" o pênis dele. Tenho certeza de que alguém já te comeu melhor do que ele, então, ele não passa de um pedaço de carne. Claro que tudo isso é relativo, vai que o dia seguinte comece com você ainda estirada na cama do magia... Pode ser que ele venha com aquela bandeja cheia de frutas, café, sucos... Essas coisas acontecem na vida real também, amiga, não é só no comercial de manteiga, não, mas é só com uma entre 50 mulheres, e você está entre as 49, conforme-se. De qualquer forma, nada de gastar o crédito do seu pré-pago com o boy, e nada de ficar esperando ele te ligar também, saia por aí pra ralar a prexeca no chão.

### Poste em seu Facebook e no seu Twitter:
Poste uma foto aleatória para o boy ver que você não está sentada esperando uma ligação, mesmo que esteja desesperada pra ele te ligar.
**#manualderelacionamentosdadivadepressao**

## MY ANACONDA DON'T: TAMANHO É DOCUMENTO?

Talvez o maior tabu de todos os tempos relacionado ao sexo. Eu não gosto de peru pequeno, e quem disser que não liga pra isso provavelmente é puro recalque, porque deve namorar alguém de peru pequeno ou porque só dá o azar de pegar caras com esse "problema".

Sim, isso é um problema sério. Pior ainda quando é pequeno e fino, já falei aqui antes e repito: não dá pra ficar palitando dente. Se for pra fazer isso, melhor ficar em casa lavando louça. Se o boy tem o pau pequeno e grosso, não é o ideal, mas é "menos pior", né? Pelo menos preenche as laterais da sua perseguida.

Então não adianta vir com essa historinha, não! Tenho certeza de que se você sair com um cara que te proporcione o melhor jantar, a melhor conversa e as melhores risadas e na hora do vamos ver apresentar uma coisa vergonhosa menor que 15 cm, você vai, sim, dar aquela brochada e ainda vai dar uma desculpa e correr para o banheiro mandar uma mensagem para as amigas contando sobre o tamanho do documento. Mas vai ter que encarar mesmo assim; ajoelhou, vai ter que rezar – pelo menos você já encheu a pança de comida.

Também tem aquela história de que o cara tem o pau pequeno e manda bem em outras coisas, como por exemplo no oral. Vale a pena, já que você já saiu de casa e perdeu a novela, mas talvez a longo prazo isso vá te cansar, pois não há língua nesse mundo que preencha o espaço de uma rola.

**Poste uma imagem em seu Facebook e no seu Twitter que represente o tamanho do peru do seu boy atual e escreva: Ajoelhou, tem que rezar!**
**#manualderelacionamentosdadivadepressao**

"Boy Gugu é aquele que tem um pintinho que cabe na mão."

"Vamos, continue curtindo as fotos dessa piranha."

# Capítulo 4

# Clássicos e tabus do namoro

**D**epois de muita enrolação, o boy finalmente levou você ao McDonald's, colocou uma aliança no meio do lanche e te pediu em namoro. Finalmente poderá trocar o status no Facebook, pôr foto do casal na sua capa e essas outras coisas ridículas de quem começou a namorar há pouco tempo.

Iniciamos uma nova etapa nessa relação, com direito a intromissão da família, seja da sogra ou do cunhado, brigas em lugares públicos, DRs (discussões de relação), ciúme doentio (por conta do Facebook e do WhatsApp), as amizades dele, falta de tesão e até traição, que já pode até ter acontecido e você nem ter notado – isso também se você chegou até esta parte do livro, porque do jeito que é sonsa, é capaz de estar sendo enrolada pelo boy até agora.

## É O QUE TEM PRA HOJE – CONHECENDO A FAMÍLIA

Esse é um momento crucial em um namoro: chegou o momento em que você vai conhecer a família do boy que se tornou seu namorado! Muito bem! Que alegria, né? Só que não. Já aviso que este tópico vai render, então, prepare-se.

Conhecer a família pode assustar um pouco de início, é algo mais delicado, significa que as coisas estão realmente começando a tomar um rumo mais sério, ou seja, prepare-se para viver o inferno. A sogra pode não gostar de você, a cunhada vai ficar te comparando com a ex dele, o cachorro vai tentar te morder, os irmãozinhos vão ficar empatando a foda, a vó caduca vai dizer que você está muito gorda ou muito magra, entre outras coisas. Você estará sendo inserida num círculo de pessoas que já têm toda a intimidade do mundo entre si, e vai demorar um bom tempo até você se adaptar ao jeito de cada um, isso se você não se cansar dessa porcaria antes e desistir de tudo.

Enfim, é isso, ele te pediu em namoro, comprou uma aliancinha banhada a prata (inteira de prata é mais caro) e socou no seu dedo. Você, toda molhada e feliz, esqueceu que junto do boy sempre vem a bagagem família pé no saco dele. Vou te preparar para o que você provavelmente vai encontrar e depois você vai me agradecer eternamente.

## A JARARACA – CONHECENDO A SOGRA

Ela é a pessoa que você tem que agradar primeiro, e aos olhos dela você tem que ser perfeita, como se a velha não tivesse defeitos. Não importa o que os outros membros da família vão achar de você, se conquistar a sogra, nada mais te segura, e se a família for rica, pode ser que você consiga uma parte dos bens logo no primeiro ano de namoro, pois pensar em dinheiro é sempre importante.

Só que não é tão simples assim, a velha já te odeia antes mesmo de ver a tua fuça – o simples fato de você estar namorando o "eterno bebezinho" dela já é motivo suficiente! E não há nada que você possa fazer, a não ser se conformar com o fato de que na visão da velha você nunca será boa o suficiente para o rapaz. Se você usar um decote mais ousado, pode ter certeza de que ela vai dizer pra família toda que você era puta, que não sabe o que deu na cabeça do filho de tirar você das ruas. Ela vai basicamente fazer uma entrevista de emprego com você, com direito a dinâmica, vai te comparar com as ex--namoradas do filho só pra te provocar e tudo vai parecer que foi sem querer. Mas não se engane, essa velha provavelmente é mais venenosa do que uma naja.

Então, querida, te digo uma coisa: é preciso gostar muito desse cara pra aguentar essa velha carcomida, até porque essa situação não termina por aí: a sogra vai estender questionamentos, medidas nos olhares e julgamentos por, no mínimo, seis meses, aí sim você vai começar a ter um pouco de paz na vida. Antes disso ela realmente não vai se conformar com o namoro de vocês.

Toda sogra ama preparar um monte de gororoba pro almoço de domingo da apresentação de vocês, mas não se engane com isso, pois não é pra te agradar, é pra te mostrar que ela sabe cozinhar de tudo e que o filho bobão dela jamais vai se acostumar com a sua comida, porque, é claro, a sogra ama tratar toda a situação como se vocês fossem se casar dentro de uma semana.

Saia do regime nesse dia: coma de tudo, agrade a velha o máximo que você puder, não fique com aquele pensamento que eu amo: "não sou obrigada", retire os pratos da mesa, lave a louça, elogie o pudim todo desmanchado que ela fez para sobremesa e aceite o golinho de café amargo, mas tenha a certeza de que ela cuspiu dentro.

Se você gosta mesmo desse boy, tem que ganhar a confiança da mãe dele o quanto antes, do contrário sua vida vai ser um inferno durante o tempo em que vocês estiverem juntos.

Não engasgue nem gagueje no momento dos questionários, ela vai achar que isso é sinal de mentira e vai te espremer ainda mais com mais perguntas inconvenientes do tipo: "Você é virgem?". Sim, essa gente sempre pensa que todo mundo em pleno século XXI ainda é virgem, ou tem esperanças de que seja mesmo.

Se a mãe do boy já for um ser humano falecido e enterrado, melhor ainda, você não vai precisar passar por essa gincana do passa ou repassa (com direito a torta na cara).

**Poste em seu Facebook e no seu Twitter:**
Poste a foto da cobra, digo, sogra com a legenda "Segunda Mãe".
#manualderelacionamentosdadivadepressao

## O ÚNICO QUE PRESTA – CONHECENDO O SOGRO

Sabe tudo o que eu falei sobre a sogra? Então, no caso do sogro é tudo o contrário. O sogro vai te amar assim que puser os olhos em você, vai te achar linda e vai achar que você é a mulher perfeita pro filho dele, e sabe por quê? Pelo simples fato de que agora ele sabe que o filho dele está transando com alguém e esse alguém não é um homem. Meigo, né?

O sogro é desses que vai dar grana pro seu namorado te levar ao motel, te levar pra jantar, vai te dar altas caronas de volta pra casa – isso caso você tenha tido o azar de namorar um pobre pé-rapado sem carro, porque se o cara for pobre, o pai mais ainda. Ele vai adorar conversar com você sobre tudo, e tudo isso vai deixar a senhora sua sogra muito fula da vida, porque ela acha, sempre achou e sempre vai achar que o marido tem que concordar com ela quando o assunto é a namorada do filho deles. Então, amiga, se você não conseguir mesmo conquistar a confiança da velha embagulhada, se agarra no sogro! Pena que ele vai morrer logo, porque as pessoas legais sempre morrem cedo.

**Poste em seu Facebook e no seu Twitter:**
Faça o mesmo que fez com a sogra, só que dessa vez é sincero. Poste a foto dele com a legenda "Segundo Pai".
#manualderelacionamentosdadivadepressao

## AMIGO OU INIMIGO? – CONHECENDO O CUNHADO

Ele vai olhar seus peitos em todos os encontros familiares, aceite isso. Mas isso não quer dizer também que ele seria capaz de furar o olho do irmão e te dar uns pegas. Com o cunhado não tem meio-termo, vocês podem ser grandes amigos de verdade, mesmo que ele te ache gostosa e te coloque na roda de conversa dos amigos dizendo: "Não acredito que o meu irmão tá pegando essa gostosa..."

Coisa de homem, gente, já falei antes! Eles sempre vão falar que você é uma delícia, como se te comessem todos os dias. Ore a Deus para que seu cunhado seja um homem bem feio, porque se for tão ou mais bonito que seu namorado, tenho certeza de que logo você começa a se interessar pelo irmão do boy também – você namora, mas não morreu, então, paciência. Mas também tem aquele cunhado que é cachorro o suficiente pra pegar a namorada do irmão, sim, pegar e repetir a dose várias vezes, só que você não quer participar do programa *Casos de Família*, não é mesmo? De vexame a sua vida já deve estar cheia.

Se o cunhado ainda for um erê, provavelmente você será obrigada a levá-lo junto com o seu boy para vários rolês, afinal, a sogra não quer que vocês fiquem sozinhos. Prepare o bolso e a paciência, porque você vai ter que gastar com McDonald's, brinquedos, sorvete, além de aguentar birra, choro e grito.

Se o seu cunhado for gay, ajoelhe e agradeça! Ele vai ser seu melhor amigo e confidente, chegando a ficar do seu lado em vez de apoiar o irmão. Vocês poderão fazer compras juntos, falar mal do irmão, da mãe, do pai, da família toda do boy! Ele vai fazer escova no seu cabelo de graça todas as vezes que você pedir. Isso nada mais é do que custo-benefício. Você namora o irmão e arruma um amigo gay, pois o que seria de nós, mulheres, sem esses seres iluminados?

**Poste em seu Facebook e no seu Twitter:**
Vamos ser sinceras, seu cunhado é tão dispensável que nem merece uma postagem nas redes sociais!
#manualderelacionamentosdadivadepressao

## O ENCOSTO – CONHECENDO A CUNHADA

A irmã do seu namorado nada mais é do que a extensão da sogra: ela vai te vigiar o máximo que puder e entregar à velha o que conseguir de informação a seu respeito, afinal, a sogra não sabe usar o Facebook e precisa de uma súdita pra fuçar a sua vida por ela. Normalmente essa cunhada não gosta de você porque queria empurrar o irmão para uma amiga, ou ficou amicíssima da ex dele. Nesses casos é necessário ter muita paciência e falsidade. Tente ganhar a confiança da moça, mesmo que tenha que contratar um garoto de programa e dizer que arranjou um amigo pra ela, pra ver se uma comida resolve o problema.

Contudo, acredito que em alguns casos vocês podem ser grandes amigas, o que é um ponto positivo a seu favor: a cunhada pode virar a casaca pro seu lado e contar os podres do irmão pra você e até mesmo vigiá-lo! Use isso a seu favor, pois aquela cervejinha com os amigos toda sexta-feira pode estar sendo regada a periguetes com fogo na pepeca, loucas pra atacar seu boy. Homem que namora é a presa favorita desse tipo de povinho. A irmã do boy consegue se infiltrar com facilidade nessas situações, e quem sabe ela ainda não tira umas fotos e te manda por WhatsApp, para que o momento da descoberta de algum flagra seja ilustrado com imagens, o que faria seu drama ficar completo.

A cunhada amiga é daquelas parceiras que saem de casa de madrugada pra buscar vocês na boate porque vocês encheram a cara demais e não conseguem nem virar a esquina. Cunhada sempre vende alguma bugiganga pobre – como uma bijuteria vagaba – e você vai comprar só pra não ficar chato. Sem falar de quando ela abre a maleta da Jequiti pra te mostrar todas as fragrâncias chiquérrimas, além de fazer você folhear os catálogos da Avon e esfregar o pulso em todas as páginas aromatizadas, até você decidir comprar alguma coisa. Tudo pelo amor do boy, não é?

Poste em seu Facebook e no seu Twitter:
Se cunhado fosse bom, não começaria com CU!
#manualderelacionamentosdadivadepressao

## O RESTO – AVÓS, TIOS E PRIMOS

Esse tipo de parente sempre é deixado de escanteio, então você nem precisa dar muita assistência, mas vale a pena atentar para alguns casos especiais como a prima periguete, que não liga em pegar os primos, tanto que o seu namorado é o alvo número 1.

Aqueles abraços e beijos estralados não são carinho de família, não, é safadeza mesmo. A avó é a mesma coisa que a sogra, só que caduca, então não precisa ser levada em consideração, afinal, ela não vai durar muito tempo. Caso a mãe da sogra já seja viúva, aí pode ficar tranquila, pois provavelmente ela frequenta aqueles bailes da terceira idade e tem mais com que se preocupar do que com a namorada do neto. Procure fazer amizade com os agregados da família, tipo aquele amigo que vive indo a casa almoçar, e as namoradas dos seus cunhados, afinal, elas passam o mesmo que você.

Quando for apresentada para os tios e tias do seu namorado, fique tranquila: no máximo o tio vai te medir pra checar se você é gostosa e a tia logo vai se esquecer da sua cara, porque é dessas que no almoço de família levam a caipirinha e começam a puxar todo mundo pra dançar. Os primos sempre são um perigo, sempre tem um mais gostoso que o seu namorado, trabalhado na academia, fazendo você pensar: "Ah, se eu estivesse solteira!".

**Poste em seu Facebook e no seu Twitter:**
Parente bom é parente morto.
#manualderelacionamentosdadivadepressao

# Ciúme

Se você já sente ciúme dos seus amigos, dos seus sapatos e até da sua maquiagem, o que dizer do seu boy? Tem gente que enche o peito pra dizer que não sente ciúme. Eu sou bem sincera: tenho ciúme, investigo, e se pego faço castração caseira!
    No início de uma relação tudo é mais intenso e, principalmente, tudo é baseado na confiança. Depois de um tempo você nem vai ligar se o boy chegar com batom no pescoço, pelo contrário, vai perguntar a cor pra ver se consegue um igual. Mas, até lá, a Diva te ensina a lidar com algumas situações difíceis para uma pessoa ciumenta como você.

## ZAP ZAP – O CELULAR DELE!

Toda louca de ciúme ama olhar o celular do namorado em busca de algum vestígio de putaria ou traição. E como sei que você é dessas, vai me dizer que nunca ficou de olho no celular do boy enquanto ele o usava pra decorar a senha de desbloqueio?
    O boy já dormiu? Então corra e pegue o celular dele, fuce tudo! Sempre rola uma decepção, não tem jeito, amiga. Se ele não trai você, no mínimo existe um grupo de putaria no WhatsApp e tá rolando a troca de um monte de foto de mulher pelada com os amigos, igualzinho ao que você tem com as suas amigas, mas você pode, ele não, essa é a regra.
    É sempre bom dar uma olhada nas SMS também, ele pode estar falando com alguma piranha disfarçada com outro nome, pra não dar na cara. Na dúvida, peça a um amigo que ligue para

o número para ver quem atende. Se tiver um amigo gay, já peça para ele fazer a linha telemarketing e pegar os dados da pessoa.

O que fazer no caso de algumas dessas descobertas? Se você encontrou apenas algumas putarias pelo WhatsApp, conforme-se, querida. Todo homem faz isso. Assim como nós, mulheres, falamos de outros homens, eles também falam (e ilustram) coisas sobre nós, a diferença é que eles são mais escrotos. O que você pode fazer é deletar os grupos sem que ele veja. Caso ele pergunte, finja que não sabe de nada e que isso inclusive aconteceu com você. Homem é trouxa e cai.

Pegou alguma conversinha com alguma piranha? Acho que está mais do que claro que chifres virtuais também existem. Sorria: você está sendo traída. Vai perdoar? Se você perdoar, pode fechar este livro que nem quero mais olhar pra sua cara. Deixe de ser tonta e tenha mais amor-próprio! Se ele fez isso uma vez, ele faz duas, e se ele fez a segunda é porque te faltou mesmo amor-próprio para dar um basta nesse circo. Lembre-se, a culpa é do seu boy, não da periguete que está dando trela, então, nada de ofender a moça – nunca se sabe quando você fará o mesmo com o boy alheio!

7 dicas básicas:
- Sempre dê uma olhada nas ligações recebidas, realizadas e perdidas.
- Veja se há fotos dele pelado. Afinal, se ele não manda pra você, está mandando pra quem?
- Quando você ligar e ele disser que não pode falar porque está acabando a bateria, peça a ele que mande um print da tela para comprovar.
- Lembre-se de que no celular você tem acesso a todas as redes sociais dele, então aproveite para deletar ou xingar todos que você odeia.

- Mudou a senha repentinamente? Fique de olho.
- Dê uma xeretada em todos os álbuns. Por que manter foto da ex?
- Contatos antigos: se você questiona sobre contatos antigos do boy e ele diz que são apenas amigos, mas com quem ele nem tem contato, mande excluir na hora, na sua frente. Esses contatos são conhecidos como "steps", ou seja, caso seu relacionamento não dê certo, ele já tem alguém pra substituir você, sem falar daqueles momentos de carência ou briga do casal.

Poste em seu Facebook e no seu Twitter uma foto sua e do boy com a legenda:
Não é ciúme, é excesso de amor.
#manualderelacionamentosdadivadepressao

## O INIMIGO NÚMERO 1 – O FACEBOOK DELE

O boy esqueceu o Facebook logado no seu computador? É tentador demais, e a vida é muito curta pra você dar um "sair" e não fuçar nada, não é mesmo?

Assim como o WhatsApp, o Facebook é um ficheiro de decepção: as mensagens podem revelar que seu namorado é um cafajeste e te trai virtualmente com, no mínimo, umas cinco piranhas diferentes, todas com fotos vistas de cima para mostrar os peitos e fazendo bico *like a* chupando macarrão.

Daí tem aquelazinha que sempre curte tudo o que o seu namorado posta, inclusive fotos de vocês dois, e costuma ser daquelas que ainda comentam com alguma falsidade:

"Ai, que casal lindo, felicidades"! Felicidade de cu é rola, minha filha. Esse truque só engana evangélica, que pensa que o namorado é santo demais pra deixar acontecer essas coisas. Portanto, fique esperta, porque se a vadia curte e comenta tudo o que seu namorado posta, aí tem. Fora as perigosas que mandam solicitação de amizade pra ele, então, se ligue na tomada e comece a observar as pessoas que ele anda adicionando recentemente. Sempre há a possibilidade de dar um chilique e fazer com que ele delete metade da lista feminina dele do Facebook, mas Diva que é Diva não resolve a situação com barraco: faz pior.

Você pode começar a aceitar todas as solicitações de amizade que os boys magia te mandam também. Se ele pode ter amiguinhas, por que você também não? Se ele curte a foto da amiga com peito grande, o que dá mais raiva ainda do que se ela tivesse curtido algo dele, por que você não pode curtir também a foto do seu amigo gostoso com volumão na sunga? Acorda, amiga! Esse é o momento de começar a trabalhar com os direitos iguais, só que se ele faz de uma forma você vai fazer duas vezes pior, porque ter direitos iguais com um gostinho de vingança é melhor ainda.

7 dicas básicas:
- Adicione o boy aos melhores amigos e para receber todas as notificações dele.
- Dê uma fuçada em todas as mensagens, inclusive na pasta "Outras".
- Confira as cutucadas – hoje em dia dá pra ver se ele respondeu a alguma.
- Assim como no WhatsApp, delete as pessoas que incomodam você, inclusive bloqueie, assim a pessoa nem terá como falar com ele e perguntar o que aconteceu.

- Viu uma periguete dando em cima? Chame os amigos e comecem a denunciar o perfil dela como falso. Sempre funciona.
- Dê uma conferida nos grupos do Facebook, também rola putaria por lá.
- Confira os álbuns de fotos dele, sempre existe aquele álbum que rolou antes de vocês namorarem, sem falar das fotos que marcaram ele: delete tudo!

**Poste em seu Facebook e no seu Twitter:**
O Facebook e o namorado são meus e eu faço o que quiser!
#manualderelacionamentosdadivadepressao

## TEU PASSADO TE CONDENA – A EX-NAMORADA DELE

Não precisa ser nenhuma expert no assunto pra saber que namorado nenhum tem que ter amizade com ex-namorada, e você pode até vir com aquele falso discurso do bom moralismo, dizendo que isso não tem nada de mais e que é completamente normal.

Tudo bem então, querida, deixe o seu namorado ir lá tomar uma cerveja com a ex dele e ganhe, de brinde, um par de chifres pra combinar com a sua cara de trouxa.

Se você diz isso, ou é porque seu namorado anda se encontrando com a ex e você não quer admitir que possa estar rolando alguma coisa a mais ou porque você é burra mesmo. Afinal, nenhuma mulher na face desta Terra gosta que seu namorado tenha amizade com a ex-namorada.

A ex-namorada é uma das piores raças, isso se não for a pior, das piranhas existentes. Sim, porque pelo simples fato de ser a ex do seu namorado, ela já pode ser considerada piranha.

A ex-namorada sempre vai dar um jeito de mostrar que ainda é viva. Ela vai curtir as fotos do Facebook do seu boy (por que ele não a bloqueou ainda?), ela vai mandar WhatsApp pra ele com recadinhos engraçados ou coisas do tipo "ouvi essa música e lembrei de você" (por que ele ainda não bloqueou o número da piranha?) e vai sempre estar nos locais mais improváveis em que você aparecer com o seu namorado, ou seja, é como se fosse uma peste ou epidemia.

Mas não se abale com essa situação, você precisa ser superior a esse ser humano, então, nada de fazer barraco pessoalmente nem em redes sociais, em que a repercussão é maior atualmente. Você tem que mostrar a ela que você é quem manda no terreno e que esse peru agora é seu! Se ela quer se esgoelar com as tetas de fora na frente do seu namorado, o problema é dela, a piranha é ela, não é mesmo? O seu namorado é quem deve manter um bom comportamento. Então, se ele estiver correspondendo às gracinhas dessa vaca, torça a cabeça do pinto do rapaz até ele chorar, sem dó nem piedade, porque homem cafajeste merece isso e muito mais, acredite, ainda é pouco. Quer ficar de graça com a ex-namorada? Então que te deixe livre pra você dar a sua pepeca pra quem você bem entender. Homem tem de sobra, agora, namorada Diva, linda e cheirosa como você, são poucas!

Poste a foto de uma galinha em seu Facebook e no Twitter para representar a ex-namorada do seu boy com a seguinte legenda:
Mostrando para as galinhas quem manda nesse terreno!
#manualderelacionamentosdadivadepressao

## DIGA-ME COM QUEM ANDAS – OS AMIGOS E AMIGAS DELE

Ele é desses que não se desapegam da gentalha dos amigos de forma alguma? Pois é... Uma coisa é você manter a amizade, outra coisa é você não abrir mão de algumas outras coisas agora que está namorando. Para o homem entender isso é necessário levar uma surra, e nem sempre isso resolve. Todos os amigos nojentos e cervejeiros vivem fazendo churrasco aos domingos, e seu namorado vive presente, logo, você fica em casa mofando porque foi deixada às traças, pois você não é obrigada a ir. Essa é a hora de fazer aquela chantagem emocional. Diga que está carente, faça um doce, na esperança de que o boy se comova e fique em casa ao seu lado. Caso não seja possível, fique louca, grite, faça barraco e diga que vai ao churrasco. Com certeza ele vai ficar com medo de você bancar a louca por lá e vai desistir. É claro que você não vai fazer isso sempre, apenas quando ele for e você não tiver nada pra fazer. Nos dias que tiver, deixe ele ir e vá gandaiar por aí.

O *happy hour* de sexta-feira também pode ser um problema: mil fotos aparecem pelas redes sociais, nas quais você descobre que alguns dos amigos que vão ao *happy hour* com seu namorado possuem peitos, usam maquiagem e salto alto, e não são travestis. Pois é, amiga, as piranhas estão por toda parte e com isso você fica com mais ciúme ainda. Fazer com que o boy se afaste dos amigos é muito difícil, mas se aproximar desses amigos, nem se fala. Geralmente eles não têm nada a ver com você, e já se foi o tempo em que você fingia simpatia só pra agradar os outros (no meu caso, esse tempo nunca existiu). Se você não pode vencê-lo, junte-se a ele. Fique em frente à empresa em que ele trabalha e, assim que ele estiver saindo, chegue já dando um abração (para mostrar que ele é seu) e diga: "Vim te fazer uma surpresa". Pronto, agora não rola saliência nenhuma em cima do seu boy.

Amigas são uma questão problemática. Será que ela é a fim dele? Será que já rolou algo entre os dois? Mesmo que não tenha rolado, é sempre bom ficar atenta; na primeira briga ele vai correr para os braços da tal amiga e te deixar puta. Como lidar com essa situação? Nesse caso recomendo o que já foi citado, a lei do retorno: se ele pode ter uma melhor amiga, você também pode ter vários melhores amigos, sem que ele se queixe – mas nada de gay, porque não causa ciúme.

Caso o problema não se resolva, comece a fazer greve de sexo. Isso é a única coisa que pode fazer com que um homem desperte pra algo. Acontece que você não tem como proibi-lo de se encontrar com os amigos, mas é necessário que ele perceba que agora está num relacionamento sério e que algumas coisas não são mais cabíveis. Portanto, nada como uma pepeca trancada pra fazer com que esse boy acorde pra vida!

**Poste em seu Facebook e no seu Twitter:**
Diga-me com quem andas e te direi se poderás ir.
**#manualderelacionamentosdadivadepressao**

# Apimentando a relação

*T*oda relação chega àquele ponto em que um não aguenta nem mais olhar pra cara do outro, e não adianta me dizer o contrário, isso é a vida batendo na sua cara mais uma vez. Já fizeram sexo de todas as formas, posições e variações possíveis? Até o espelho está se tornando uma opção melhor para beijar? É, amiga, sinto informar que sua relação está caindo na famosa rotina, conhecida por destruir milhares de relações, mais do que periguete no cio dando em cima do seu boy. Mas não precisa se desesperar; quando você aceitou namorar esse cara, isso já deveria ser esperado, ou você achava mesmo que ele continuaria a responder a todos os seus WhatsApp em menos de dez segundos após o envio dos seus? Todo homem relaxa depois de um certo tempo de relação. Cadê as caixas de bombons compradas no supermercado? Onde foram parar aquelas flores todas coloridas acompanhadas de ursos de pelúcia enormes? Por onde andam as cartinhas de amor borrifadas com o perfume dele? E as declarações via Facebook que você vivia ostentando na cara das suas amigas encalhadas? Calma! Não é porque não tá rolando mais nada disso que você está sendo traída ou que ele não te ama mais. Se você começar a pensar assim, vai surtar antes de ter certeza das coisas. Temos que ser surtadas até certo ponto, entendido?

Sinais de uma rotina cansativa dentro da relação ficam cada dia mais evidentes, e, se você não souber contornar essa situação com inteligência, vai acabar solteira – o que não é ruim, mas é o que você quer? Aqui, agora, vou falar sobre algumas formas de apimentar essa relação e apontar os prós e contras de cada passo, afinal, nem tudo são vinhos e selfies em frente à Torre Eiffel.

Homem: "Me diz uma sacanagem pesada!"

Mulher: "Gastei todo o limite do seu cartão!"

# CHEGA DE BRINCAR DE BARBIE – USANDO BRINQUEDINHOS SEXUAIS

Eis que numa noite qualquer seu boy chega com um pacote embrulhado e você já fica toda molhada achando que é aquele perfume importado caro que você tanto queria, aquela joia de diamantes da vitrine que você namora há dias ou aquela bolsa da Louis Vuitton original que é o sonho de todas as assalariadas.

Ao abrir descontroladamente o pacote, você se depara com um pênis de borracha de 23 cm. Traduzindo: ele quer meter em você e socar esse treco, ao mesmo tempo, no outro orifício.

Não julgue o seu boy por isso, ele está tentando apimentar a relação. Há mulheres que vão amar isso e topar a brincadeira na hora, há aquelas que vão odiar; eu mesma, por exemplo, só topo essas coisas se entrar algo na minha carteira também!

Os brinquedinhos sexuais são válidos, sim! Desde que os dois estejam de acordo, isso tudo pode ser bem divertido! Existem vários tipos deles, desde aqueles dadinhos com sugestões de posições e locais pra vocês transarem, até os pênis imensos de borracha com cinco cabeças que você não sabe nem onde enfiar.

A questão é: como conversar a respeito disso com o seu parceiro?

Amiga, simples! A situação que descrevi inicialmente pode parecer brochante dependendo do momento, mas talvez seja uma das formas mais tranquilas de você esfregar na cara do seu boy que a coisa na cama tá precisando pegar fogo – literalmente, já que existem aquelas velas que dá pra você derreter em cima do boy!

Aconselho começar com o básico: *Kama Sutra*, porque esse papai-mamãe cansa. Depois compre aqueles baralhos (eu disse "ba-ra-lhos") eróticos, com as posições para você fazer, evoluindo para os dados, até chegar ao chicote e algemas.

Se estiver com vergonha de ir até o sex shop, chame aquelas suas amigas podres, tome umas pingas e entre com a cara e a coragem. Feio é roubar, trepar é tudo de bom!

Poste em seu Facebook e no seu Twitter:
Quem não arrisca abre caminho pras inimigas...
#manualderelacionamentosdadivadepressao

## OLHAR NÃO MATA – VENDO FILMES PORNÔS

Muitas de nós prefeririam transar vendo a novela, eu sei, afinal, somos criadas pra não curtir filmes pornôs, enquanto os homens se esbaldam na punheta vendo essas coisas. Porém, hoje em dia, graças aos livros de *soft porn* como *Cinquenta tons de cinza*, entre outros, algumas mulheres têm se aberto mais para ousadias e putarias. Então por que não começar com o básico, como filmes pornôs?

Há quem diga que os vídeos pornôs são bem educativos, pois você aprende posições novas, palavrões, maneiras e locais diferentes para transar e, principalmente pra você que não teve muitas experiências, existem pintos enormes no mundo. Eu recomendo que você comece com um daqueles que têm historinha, sabe? Do estilo em que a moça inocente chama o cara da pizza e eles transam – pra evitar ver logo de cara uma orgia.

Com certeza seu namorado vai ficar entusiasmado e logo você pega gosto pela coisa, mas, caso não curta, seja sincera e diga para o boy. Se você quiser, antes de iniciar as sessões com ele, baixe você mesma alguns filminhos no trabalho e assista sozinha. Recomendo alguns atores, como Alexandre Frota, Rita Cadillac e Gretchen, porque já são figuras conhecidas do grande público.

Aproveite, menina, o prazer não está só nas mãos do boy, mas nas suas também, se é que você me entende...

Poste em seu Facebook e no seu Twitter:
Brincar de discoteca sozinha também pode ser divertido.
#manualderelacionamentosdadivadepressao

## TUDO MENOS USAR CROCS COM MEIAS – REALIZANDO FANTASIAS SEXUAIS

Todo mundo tem uma fantasia sexual ou fetiche, isso é de praxe. Nem que seja uma bem tosca, como transar com o boy enquanto come chocolate ou fazer sexo dentro do tanque de lavar roupa. Fetiche é igual a cu, cada um tem o seu, por mais estranho que seja.

Durante uma relação começamos a nos abrir para o boy e o boy pra gente, normalmente, então sempre surge aquele momento em que cada um conta o que gosta e o que tem vontade de fazer, embora, em alguns casos, possamos ficar com receio e vergonha de contar os fetiches muito estranhos.

O que eu digo é: conte, sim, menina. Você não pretende ficar com esse homem pelo resto da vida? Então, que seja fazendo o que você gosta. Além do mais, você pode trabalhar pelo sistema de trocas: ele realiza a sua fantasia, você a dele, exceto no caso de envolver animais. Coisa assim, não, corre desse homem!

5 dicas básicas:

- Compre uma fantasia sexual, dessas de enfermeira periguete, bombeira satânica ou Alice pervertida no País das Maravilhas; quanto mais safada você for, melhor, os homens adoram essas coisas! Aproveite e compre algo pro seu parceiro usar também, por que não? Você também merece essas inovações!
- Parta pra cima do boy em lugares inusitados. Sim, tá na fila do mercado, dê aquela pegada no bilau dele e diga: "Vamos para o banheiro dos deficientes?". Coisas assim levantam o peru do boy na hora. Finja que foi a vontade que pintou naquele instante, mas já vá com tudo preparado, ele vai adorar.
- *Striptease* sempre é uma boa saída pra surpreender o boy. Receba-o com a casa cheia de luz, música ousada e você toda trabalhada na dança erótica. No YouTube você encontra vários vídeos ensinando, amiga. Só tome cuidado pra não queimar a casa toda caso invente de acender vela aromatizada pra dar aquele clima especial. Ninguém aqui quer morrer carbonizada antes de viver tudo em cima da cama, né?
- Comidas e bebidas podem servir como aperitivo na hora do sexo, além de ser uma boa desculpa pra sair da dieta. Encha o peru desse boy de chantili e caia de boca, ou passe vinho pelo corpo dele, ótima pedida para alcoólatras. Só tome cuidado pra não fazer aquela lambuzeira toda em cima do boy e transformar o peito dele num bolo batido pronto pra ser assado, por favor.
- Nunca tente fio terra, isso é mortal! É provado cientificamente que homem adora uma coceirinha no ânus, mas todos são uns idiotas machistas e não assumem isso, além de associarem a prática à homossexualidade. A não ser que o boy peça, é claro! Se ele pedir, trate de trabalhar bem o seu pensamento para não cair nesse preconceito bobo também! Não se esqueça de fazer a unha.

"Não é pela fantasia,
é pelo presente."

Lembrando que esses esforços não dependem só de você, o boy também tem que se esforçar para realizar seus desejos. Senão, amiga, parta pra outro que queira.

## QUANTO MAIS, MELHOR – SWING E SEXO A TRÊS

Ainda com referência a fetiches, este tópico exige uma análise mais profunda: troca de casais, swing e sexo a três, pode? Esse é um tema muito polêmico, digno de um *Casos de Família*, mas tudo pode ser resolvido com um simples questionamento: você está a fim? Antes de qualquer coisa, é necessário descobrir se você e seu parceiro querem entrar nessa aventura, que, em vez de melhorar, pode piorar as coisas. Existe aquela lenda de que homens têm fetiche por duas mulheres se pegando, mas onde fica a gente nessa história? Eu também quero ser pega por dois homens! Primeiramente, lembre-se, não é porque o boy tem esse fetiche que ele não te ama, amiga, todos têm algum tipo de fetiche, até você. Isso não significa que ele vai te trair, pelo contrário, normalmente guardamos esse tipo de desejo com medo de assustar as pessoas, e de fato pode assustar, por isso você deve ser delicada ao tocar no assunto.

Aconselho você a entrar no tema aos poucos, seja com ajuda dos filmes pornôs, já citados anteriormente, ou quando estiver bêbada, porque aí você já tem a desculpa do álcool. Depois de se entender com o parceiro, hora de escolher a melhor maneira de se iniciar no meio.

Com a tecnologia, hoje temos até aplicativos para marcar encontros a três ou mais. O Tinder, por exemplo, é um aplicativo que permite conhecer casais ou pessoas solteiras com os mesmos objetivos que os seus. Sem falar

das possibilidades mais comuns, como ir a casas de swing ou chamar aquela amiga ou amigo.
Deixe o ciúme de lado e aproveite essa experiência. Mesmo se não gostar, pelo menos vocês não vão gastar muito, já que vão rachar o motel, né?

Poste em seu Facebook e no seu Twitter:
Onde cabem 2, cabem 3, e onde cabem 3, cabem mais 5... #manualderelacionamentosdadivadepressao

## PIMENTA NO DOS OUTROS É REFRESCO – FAZENDO SEXO ANAL!

Chegamos a outro tabu, que nem é tanto tabu, mais delicado e sensível, o sexo anal. Há quem diga que no buraco que sai, não entra, já outros fazem dali uma passagem livre ou via de mão dupla. Eu pratico, com toda a segurança e lubrificante possível, mas como lidar na primeira vez? Primeiro de tudo, você precisa estar com vontade de fazer o negócio, amiga, porque, como dizem, em momentos de tensão ali não passa nem uma agulha.

Nada de fazer isso só pra agradar o boy, você também precisa estar a fim e relaxada.

A segunda coisa que você deve ter em mente é que o tal buraquinho não é lugar pra entrar sem mais nem menos, logo, você vai precisar de uma ajuda chamada lubrificante. Nada de cuspida nem de ir a seco, afinal, pimenta no cu dos outros é refresco.

A partir daí, o negócio é ter paciência, a pressa é inimiga do tesão. Vá devagar, coisinha, sem pressa, principalmente se o boy for bem abençoado, aí recomendo rezas e orações. Se não aguentar, arregue, afinal o buraco é seu e só você sabe os seus limites; nada de ficar entronchada por aí e mancando. Existem casos de pessoas que foram parar na cadeira de rodas. Tudo tem seu tempo, sem falar que a traseira não é pra ser dada em qualquer ocasião; guarde para uma data especial, como um pedido de casamento, aniversário de namoro ou para fazer chantagem emocional – o famoso cu doce: é garantia de sucesso.

Poste em seu Facebook e no seu Twitter:
Em buraco que sai, nada entra antes da terceira tequila.
#manualderelacionamentosdadivadepressao

# Discutindo a relação

Qual o casal que nunca teve uma DR? Se a gente discute até com os amigos, imagine com o namorado! Isso é uma coisa normal, que acontece nas melhores famílias, o problema é quando a coisa extrapola e vai parar na rua, com direito a polícia e cobertura do Datena.

No geral, discutir a relação é válido, principalmente quando existe algo que te incomoda na relação. Pesquisas (feitas com minhas amigas) indicam que em 99% dos casos de DR a culpa sempre é do homem, sendo que nesse 1% que sobrou foi o homem que estressou a mulher a ponto de ela causar uma discussão.

Homens são animais feitos para serem domesticados, e isso leva tempo, persuasão e muita conversa. É difícil controlar o desejo de despejar tudo na cara do boy quando você está nervosa, mas você deve se controlar, existe hora e local para cada tipo de DR. Sim, existem tipos de DRs diferentes, afinal, cada motivo exige um tipo de reação. Vamos aos motivos principais.

**Ciúme:** esse é o principal motivo de brigas entre casais. Pegar seu boy dando curtida em foto de sirigaita, vê-lo conversando com as inimigas etc. Sim, isso tudo é motivo pra você meter a mão na cara dele, mas homem é bicho safado, por isso não basta jogar o cara na parede, você precisa de provas. Trate de tirar fotos, prints, arranjar informantes, tudo que puder, assim você terá o boy na palma da mão – aliás, a cara dele vai ter um encontro com a palma da sua mão.

"Eu não discuto a relação. Convenço o boy de que eu estou certa, e ele, errado."

**Farra:** boy que gosta de uma gandaia é clichê. Se o boy te levar, tudo ótimo. Agora, sair sem você e com o bônus "não avisei porque tava sem bateria" (fora aqueles que nem avisam) é motivo para DR nível barraco. Nas primeiras vezes, finja tranquilidade e comece a tentar descobrir onde o boy anda – por exemplo, o barzinho que sempre rola depois do trabalho ou o local do futebol dele. Quando seu saco estiver cheio, apareça nesse lugar com o seu look mais divônico e faça uma "surpresa" para ele. Aja como se estivesse tudo lindo, sambe, sorria e, quando o boy vier tomar satisfação, rode aquela baiana pra ele ver quem manda nessa porra toda.

**Família:** dizem que família é sagrada, mas às vezes ela enche o saco, principalmente quando a do seu boy te odeia. Isso pode ser motivo de um grande atrito entre você e ele, levando até à separação. Nesses casos é importante sentar com o boy e ser bem objetiva, perguntando: "Quem você ama mais, eu ou sua mãe?". Se a resposta é a mãe, dê uma cruzada de perna, saia, faça as malas e espere o tonto vir atrás. Se ele for do tipo capacho, vai trocar você pela família e pronto. Não quero ser má, dizendo que o boy deve se afastar da família pra ficar com você; isso tudo é para mostrar que você quer respeito da família dele ou não permitirá mais o contato dele com esse povo. É bom dar um chega pra lá nos parentes chatos também; festas de Natal sempre são uma ótima hora para um desabafo em clima de barraco, só para dizer umas verdades.

**Imaturidade:** e quando o boy não pensa no futuro, não quer trabalhar, não ajuda em casa e não levanta o rabo do sofá? Menina, primeiro que já não sei o que deu em você pra gostar de um traste desses. Vá pegar um balde d'água e jogue em cima dele ou do videogame e comece o diálogo. Tasque tudo na cara do safado, xingue e humilhe dizendo "isso não é atitude de homem". Se é pra ficar em casa, que seja fazendo o serviço doméstico, porque você não é obrigada a sustentar um estorvo desse. Se não melhorar, dispense esse boy, amiga: ele só vai servir pra te embuchar e, se rolar uma separação, mal vai pagar pensão.

**Poste em seu Facebook e no seu Twitter:**
Se for pra discutir a relação, que seja dentro de um bar bebendo cerveja.
**#manualderelacionamentosdadivadepressao**

# Dando um tempo

*J*á começo falando que se você aceita essa coisa de tempo é porque você é uma tonta mesmo, não há outra explicação. Quando a relação está uma porcaria, é melhor terminar logo do que ficar com essas frescuras de dar um tempo; se fosse fácil assim, seria cômodo demais. O namorado cansa de comer sua pepeca, pede um tempo, come outras vinte e depois volta pra comer a sua, porque é aquela história, né? As outras podem dar gostoso, mas só você senta e roda. Vamos deixar uma regra bem clara: jamais aceite dar um tempo com homem nenhum, por mais que você o ame. Mas, se for você a pessoa que quer um tempo, aí a coisa muda, afinal, você tem que aproveitar a vida antes de enfiar aquele treco dourado no seu dedo, não é?

Em algumas situações eu recomendo pedir um tempo, como no carnaval – é uma ótima época pra dizer pro boy que você está confusa e ir pra gandaia, mas volte até o Dia dos Namorados pra garantir o presente. Férias também podem ser uma boa pedida, viagem com as amigas… Deixe o boy de molho, mas também não peça fidelidade da parte dele, claro. E quando você encontra aquele ex que faz você piscar embaixo, como lidar? Peça um tempo sem ter vergonha, afinal, você tem que ver se vale a pena insistir em algo novo ou se seu coração ainda pende para o passado, nem que seja só pra dar uma bimbada sem o peso na consciência.

O tempo não precisa ser questão de outro homem, pode ser também uma questão de saco cheio – sim, namorar exige saco e tem horas que o nosso arrebenta feito tira de sandália barata. Um tempo para pensar se é isso que você quer pra sua vida também pode ajudar a evitar crimes passionais.

Bem, no geral, vocês já são bem grandinhos pra assumir um namoro, então também são pra decidir se querem ou não ficar juntos pra valer.

Poste em seu Facebook e no seu Twitter:
Tempo é dinheiro, então só me peça se você for me pagar por hora.
#manualderelacionamentosdadivadepressao

"Pedindo um tempo, pra não pedir pra você ir tomar no cool."

Homem: "Não fique assim, ele vai voltar!"

Mulher: "É por isso mesmo que eu tô chorando."

# Pé na bunda

*O* pé na bunda é extraoficialmente uma fase da grande maioria dos relacionamentos. É claro que ninguém namora pensando em terminar, ninguém casa pensando em divórcio (exceto algumas amiguinhas, porque quem vê dinheiro não vê coração), mas acertar em um relacionamento de primeira – ou até de segunda – é quase como ganhar na loteria com o Johnny Depp vindo te entregar o prêmio.

Acontece que o pé na bunda pode ser um divisor de águas na vida da pessoa: ou ele a leva pra frente ou a leva a um matador de aluguel (sutilmente falando). Mas, assim como tudo na vida, existem muitas formas de lidar com essa situação, e a Diva vai mostrar como.

O pé na bunda leva a uma fossa marota ou a uma deprê, amiga. Mas não é pra tanto, querida. A não ser que o cara seja realmente um príncipe encantado que chega a cavalo ou em um Porsche branco, com um membro maior que o seu antebraço, aí, sim, se quiser uma pá eu te ajudo a te enterrar.

Mas podemos considerar que, muitas vezes, evitar o pé na bunda é tão ruim quanto encará-lo e tomá-lo de uma vez. Pense em quantas vezes você viu ou vivenciou essa situação. Evitou o pé na bunda, fez agrados, deu presentes caros, bola-gato contra a própria vontade, deu pertences de cunho sentimental, enviou as músicas mais cafonas que achou no YouTube (exemplo: "Como é que eu posso me livrar das garras desse amor gostoso?" – Chitãozinho e Xororó). Evitar um pé na bunda pode ser um verdadeiro desastre, e até mais drástico do que tomar um copo de veneno; é o famoso evitar o inevitável. Joga-se fora desde o amor-próprio, até o bom senso e o bom gosto. Resultado? Arrependimento, mais deprê, e vontade de se olhar no espelho apenas mediante um saco de pão na cara. Vamos fazer uma análise quase que forense das consequências do tão temido ou sonhado (por que não?) pé na bunda.

## A VINGANÇA É UM PRATO DE ESCARGOT QUE SE COME FRIO

A vingança, embora seja um prato que se come frio, geralmente está no topo da lista das atitudes que se tomam após levar um chute na nádega esquerda. E ela é ardilosa e muito vasta: vai desde jogar fora os pertences do ex que ficaram com você, até mesmo ficar com o melhor amigo dele (que, convenhamos, nem era tão "melhor" assim). Para decidir qual escolha irá fazer, separamos algumas estratégias de vingança que você pode seguir.

**Estratégia Gisele:** quem acha que a vingança só tem lado ruim, não é bem por aí. O ser chutado pode dar uma reviravolta quase que épica na própria vida, causando assim a boa e velha dor de cotovelo no ex, vulgo falecido. O processo é mais ou menos o seguinte: depois de algumas lágrimas e lamentações, o ser chutado estabelece a estratégia Gisele – que nada mais é do que encarnar Gisele Bündchen. Como? Simples. Regime, maquiagem, hidratação, pedicure, manicure, *green card*, enfim, torra-se o cartão em todo tipo de benefício. É a famosa tática Apelar para Todos os Santos. Deixando de ser bagulho e se tornando uma pessoa extremamente serena e absoluta. Ao menos por fora – já que por dentro ninguém precisa saber que você está só o bagaço da laranja da xepa.

O chutador em questão vai te ver bem mais bonita do que quando estava com ele, e o recalque vai pegar em quantidades absurdas. Lembre-se: o lixo emocional que você está sentindo, desconte nas amigas depois, mas no visual, minha querida, não aceite menos do que estar deslumbrante. E é essencial que você arrume um jeito de o queridão ver sua nova versão! Seja pelo Face, Insta, helicóptero de telemensagem, enfim, vire-se, ou o plano não estará 100% concluído. Assim que ele vir, daí é virar a página e bola pra frente.

Poste em seu Facebook e no seu Twitter a foto do seu visual novo com a seguinte legenda:
Linda é você, eu sou maravilhosa!
#manualderelacionamentosdadivadepressao

**Estratégia Christina:** nem todo mundo leva um pé na bunda e fica com o pensamento de que "foi melhor assim e podemos ser amigos". O ódio pode subir à cabeça, fazendo você partir para o barraco, bem no estilo Christina Rocha, do programa *Casos de Família*. Vale tudo para deixar o dito-cujo do ex no chão, assim como ele te deixou.

Recomendo que você faça uma lista com tudo que ele ama, como por exemplo o trabalho, futebol, amigos, o carro etc. Depois de tudo listado, junte azamigas e comece a destruir um por um.

Ele tem um ótimo trabalho? Mande aquelas fotos íntimas para o e-mail da empresa, ligue para o chefe dizendo que ele baixa filme pornô o dia todo ou simplesmente apareça na empresa no horário de trabalho e diga que ele te traiu com outro homem.

Se ele já estiver de namorico com outra, faça barraco na porta da casa dele dizendo que está grávida e que ele não quer assumir, inclusive pediu pra você fazer aborto.

Furar o pneu do carro é um clássico, mas cortar o freio é ainda melhor.

Lembra quando o ex vivia reclamando das amizades? Gente que devia, que só pedia favor ou só ligava pra pedir carona? Hora de revelar tudo para os amigos, dando aquela aumentadinha básica pra fazer um drama. Se tudo der certo, você fica até amiga deles e eles ficam contra o boy, que estará sozinho na rua da amargura.

A família é um caso à parte, pois eles podem já estar do seu lado ou contra. Se estiverem do seu lado, você pode fazer a pobre garota depressiva abandonada e sem ninguém, na esperança de que a família dele encha o saco do sujeito. Agora, se eles não gostam de você, o jeito é infernizar todo mundo. Ligue todos os dias de madrugada, apareça no portão mesmo sem ser convidada e alugue a ex-sogra até ela te expulsar, faça barraco na rua para tomar tudo que o boy tem, alegando que é tudo seu.

Poste em seu Facebook e no seu Twitter:
Faço barraco mesmo, e se reclamarem eu faço vídeo e posto no YouTube.
**#manualderelacionamentosdadivadepressao**


**Estratégia Mister M:** essa estratégia poderia ser chamada também de "ligando o foda-se". Nada mais é do que dizer para o boy que está tudo bem e que foi melhor assim, fazendo a egípcia desprendida. Mesmo que você esteja louca pra meter a mão na cara desse homem, simplesmente suma do mundo, bloqueie ou exclua o boy do Facebook e do WhatsApp e qualquer coisa que se refira a ele. Se puder, viaje, esqueça tudo e todos, queime as fotos, jogue fora os presentes (exceto os bons) e arranje um boy novo.

**Estratégia Paola:** agora é a hora de você fazer a louca. Já falamos de barraco aqui, porém esse extrapola todos os níveis do desespero e da vergonha alheia. Não é uma estratégia que eu recomende, mas há quem faça. Bem, tudo começa com uma foto da fogueira, em que você aparece jogando todos os objetos que o boy te deu (exceto os bons), com um texto sobre superação e com todos os amigos marcados no Facebook. Logo você começa a postar indiretas, mensagens dizendo que está feliz sozinha, mas o espírito psicótico baixa e você começa a dar aquelas curtidas na foto do ex, telefona com a desculpa de pegar algo que está com ele ou fazendo a linha "podemos ser amigos". Ao ver que não está funcionando, a sanidade é perdida e o jeito é partir para os barracos na timeline, telefonemas dizendo que vai se matar e todas essas coisas de gente desesperada, valendo até macumba para conseguir o boy de volta. Como você não consegue nada, porque é uma desesperada, resta-lhe o pensamento "se não é meu, não vai ser de mais ninguém". Caso prefira se vingar contratando um matador de aluguel, aqui vai uma dica: na cadeia não tem alimento sem glúten.

Pesquise as palavras "faca + banana" no Google, copie uma imagem e poste com a legenda:
Comigo é assim!
#manualderelacionamentosdadivadepressao


## INDIRETAS: SOLTEIRA, SIM, SOZINHA, NUNCA

Se alguma coisa tem o propósito de ser, então deve ser postada na rede social. Dizem que é coisa de mal-amada, mas, meu bem, isso é quase que regrinha básica de sobrevivência. O primeiro passo e mais importante é: seja você a voltar o status para solteira, antes dele! Fique sempre por cima, esteja sempre dois passos à frente. Se for para dar indiretas, apele até para o Google Translator e jogue aquela frase daquela música em inglês de que você nem gosta tanto assim, mas que expressa exatamente o momento, como se caísse feito uma luva da Dolce & Gabbana.

Seja qual for a sua rede social, deixe lá registrado esse momento, e, se ele tiver bloqueado ou deletado você, não se preocupe, vocês têm pelo menos um amigo em comum que vai passar a mensagem adiante, como uma corrente.

O maior problema que você pode ter com isso é o arrependimento, mas aí, meu bem, nada que uma barra de chocolate e uma caixa de bombons goela abaixo não resolvam. E é muito importante que você não engorde, porque tecido adiposo adquirido em término de relacionamento está diretamente associado a "te quero de volta e se precisar dou meu rim como entrada".

Não se deixe abater! Se quiser o bofe de volta, as indiretas serão um tiro no seu dedão do pé pintado de vermelho-rubi. Daí a tática é outra. Então, suponhamos que você esteja serena, absoluta, superconfiante e de bem com a vida após o término (brincadeira!). É claro que você não estará. Ninguém fica. Em algum momento você vai deletar a foto de vocês dois do Facebook e um cisco vai cair no seu olho fazendo com que você chore e até pense num *Vale a Pena Ver de Novo*. Pois é, querida, é assim com todo mundo e você não é especial, a menos que você tenha terminado e o cara seja na verdade a encarnação de todos os seus carmas; aí, tudo bem.

Saiba que você não está sozinha na missão das indiretas, lembre-se de que sempre tem a página da Diva Depressão que fala por você, pode compartilhar as piores indiretas e marcar as amigas, comprometendo-as também! Afinal, não basta ser amiga, tem que participar.

Tá sem ideia de indiretas? Vamos a algumas básicas:
- Foto com bebida e os dizeres "solteira, sim, sozinha, nunca".
- Look da noite com uma roupa bem cachorra, com a frase "Hoje tem".
- Foto com aquele seu amigo gay gostoso *feat.* todo musculoso (ninguém precisa saber que ele é gay).
- Check-in em lugares badalados da noite.
- Selfie fazendo bico e mostrando o decote com as hashtags #PegaSenha #SouMaisEu #NãoDeuValorPerdeu
- Postar uma música de revolta com a legenda em cima: "Tão eu" ou "Fato".
- Começar a adicionar todos os boys gostosos que você puder, mesmo sem conhecê-los.

**Poste em seu Facebook e no seu Twitter:**
Jogo indireta mesmo, porque se fosse pra falar na cara iria ao programa do João Kléber.
#manualderelacionamentosdadivadepressao

## HOJE EU TÔ PRO CRIME: SAIR PRA BALADA

Não que a gente possa chamar as suas saídas de balada, mas vamos ser otimistas! Não é toda festa que será animada, e, além do seu mau humor pós-término, é bem provável que você deteste tudo e não encontre forças no universo sequer para se arrumar. Tudo bem! Vá de pantufas, mas vá! Conhecer gente nova, ver gente feia, porém engraçada, ver gente em situações piores que a sua, como vomitando, se arrastando ou pegando um boy mais feio que seu ex, enfim, você não está buscando o futuro pagador de pensão dos seus filhos, mas sim apenas se distraindo pra sair da fossa. Portanto, segura na mão de Deus e vai!

A melhor parte disso tudo é que geralmente os lugares que suas amigas te convidam para ir são tão fuleiros que, ainda que isso não sirva de nada, serve para dar boas risadas. Nem tudo está perdido, confie! E mesmo indo aos lugares mais inusitados e até aos mais manjados, tudo é válido para sua distração. Pense que já existe uma semana bastante rotineira e exaustiva te esperando, suas amigas não te aguentam mais reclamando no inbox, então dar o braço a torcer também alivia um pouco a vida delas, é superjusto.

Colabore consigo mesma! Suas amigas podem te levar à força, se você não colaborar. E você ainda vai estragar o passeio delas, além de correr o risco de sempre ficar de fora dos bons programas, afinal, elas são suas amigas, não babás. Acorda! Ainda que dê para entender sua deprê, não vai dar para entender você querendo continuar nela. Ninguém merece!

Sugestão de lugares para ir com as amigas (só saia com amigas solteiras, nada de ficar de vela para casal, a menos que seja para fazer swing):

- Karaokê – para você cantar suas mágoas com música sertaneja ou pagode.
- Boteco de esquina – se houver algum casal se pegando, provavelmente vai ser aquele bem horroroso, que vai te deixar feliz por estar solteira.
- Comemoração de divórcio – está na moda fazer comemoração pós-divórcio, nada mais útil para esse momento.
- Filme na casa das amigas – é uma boa opção, mas nada de romance nem pote de sorvete e chocolate, só filmes de terror regados a muita cachaça.

- Baladas, micaretas ou qualquer coisa que remeta ao inferno são sempre bem-vindas, desde que você não fique encostada num canto chorando depois da terceira tequila.
- Viagem com as amigas é ótimo, ir para um lugar onde ninguém te conhece e você poder fazer tudo significa poder tocar o puteiro sem ser julgado por ninguém.

Poste em seu Facebook e no seu Twitter uma selfie com as amigas e a frase:
Hoje eu não vou dar, vou distribuir.
#manualderelacionamentosdadivadepressao

## HÁ COISAS QUE O DINHEIRO NÃO COMPRA. MENTIRA. FAZENDO COMPRAS

Mais conhecida como patrocinar a fossa, essa fase do pé na bunda é sem dúvida a mais dolorosa e prazerosa. O prazer que precede as comprinhas inúteis, fúteis e desnecessárias vem seguido da dor da fatura do cartão ou de ver a conta zerada (para não dizer negativa, no vermelho e à espera de um milagre). Satisfazer seu lado psicológico frustrado tem seu preço (e ele aceita Visa ou MasterCard).

Um erro comum nessa fase são as comprinhas realizadas em shopping, especialmente de roupas. Pois é, justamente quando você vai experimentar a roupa, ela não te serve, e o que era para ser um antídoto para a fossa se torna um intensificador. Resultado: lágrimas na certa. Mas não se preocupe, isso não ocorrerá com as compras pela internet, já que você compra, depois experimenta e já pagou por isso. Então, se não servir, como já está pago você se conforma.

Escolha outra coisa. Que tal algo pra esse seu cabelo? Aquele potão de creme de um litro não tá dando mais conta de tanta ponta dupla, amiga.

Há também a compra ostentação, aquela em que se compram as coisas mais caras, ou seja, coisas que você nunca compraria se estivesse no seu estado de espírito normal. Mas, como a fossa deixou (em português claro) você fora do seu corpo, você compra, se dá ao luxo de ter aquela bolsa, aquele sapato ou aquela maquiagem que você viu no tutorial do YouTube. Não vou dizer que você não merece. Merece, afinal, embora algumas amigas não saibam, não dá para andar pelado na rua. É preciso se sentir bem, valorizar o material, se olhar no espelho e ver algo humanamente apresentável. E muitas vezes, sem gastar muito, o que te resta é legging de oncinha pink. Socorro, né?

Você também pode usar um bom acessório na hora de ir fazer suas compras no shopping. Isso se chama amigas. As amigas são ótimas incentivadoras de um gasto desnecessário, mas psicologicamente muito confortável. Elas podem até gastar também, o que fará com que você não se sinta culpada sozinha. E depois ainda vão te convencer a comer aquele hambúrguer que faz a diferença na hora de fechar o terceiro botão da calça. Mas tudo bem, aproveite que está no shopping e bata bastante perna. Não há nada mais prazeroso do que um atendente se aproximar e você dizer que está só dando uma olhadinha, e repetir isso 577 vezes pelas lojas do shopping.

Poste em seu Facebook e no seu Twitter uma foto com todas as compras espalhadas na cama com a legenda: Minha nova definição de orgasmo.
#manualderelacionamentosdadivadepressao

# RAINHA DA SOFRÊNCIA: CHORANDO PRAS AMIGAS

Essa é a fase em que você sabe quem é amiga de verdade. Não que você precise levar um pé na bunda pra ir borrar o rímel de tanto chorar pras amigas. Mas, sem dúvida, chorar por conta de um fora ou um término é quase inevitável, e pra que fazer isso sozinha se você tem a seu dispor aquelas que já usaram desde suas maquiagens até os créditos do seu celular? Pois é! Nada mais justo do que ir se lamentar pra uma amiga, ouvir todo tipo de conselho e, claro, não seguir nenhum. Porque isso é exatamente o que você faz! E tem também aquilo de ouvir os conselhos que nem suas próprias amigas seguem. Onde fica a credibilidade? Enfim, a gente sabe que pode não adiantar absolutamente nada, mas, pelo sim, pelo não, é melhor desabafar e esperar que de tudo que foi falado você possa tirar algo inspirador para tocar a vida.

Essa etapa sem dúvida nenhuma é também uma das mais insuportáveis, para as amigas, claro, mas para você é quase revigorante. É como uma terapia, só que gratuita e sem muita base ou lógica; o que importa é chorar as pitangas. Se você tiver uma amiga encalhada, una o útil ao agradável, deem-se as mãos e vão as duas afogar as mágoas; quem sabe algum ser caridoso não te faz esquecer um pouco o seu recém-ex-namorado e atual falecido.

Não se esqueça: caso essa etapa dure demais, talvez seja preciso um plano B, isto é, aceitar que suas amigas te providenciem algum boy. Apelar é viver? Sim! Apele, porque a água no mundo está acabando e não dá pra você roubar o nosso estoque porque se acabou de chorar. Caso sua amiga te apresente um boy-exu, não precisa se assustar, ninguém aqui está querendo casar você, o propósito é evitar que você se torne uma mala chorosa e depressiva, afinal nem suas amigas são obrigadas a tanto. Não precisa nem pegar, pode só se distrair, o negócio é usar as forças do universo – que incluem os exus apresentados pelas amigas – a seu favor!

Poste em seu Facebook e no seu Twitter uma música deprê, marque suas amigas e escreva na legenda:
Só vocês pra me aguentar.
#manualderelacionamentosdadivadepressao

## FORA DE NÁRNIA: SAINDO DO ARMÁRIO

Uma desilusão pode ser um pontapé que motive você a assumir o que já estava cansada de segurar nesse armário. É também uma oportunidade. Pode ser que a motivação seja fútil, mas conhecer novos horizontes pode vir a calhar como grande distração ou até mesmo um descobrimento.

Libertar a rainha do deserto que vive em você sem dúvida vai te dar um trabalho, talvez assustar os amigos, mas a família com certeza vai ficar em choque e fazer oferenda e romaria pra te tirar dessa – não se amedronte!

Sabe aquele negócio de conhecer "coisas novas" *feat.* "cansei de homens"? Então, amiga, sinto o cheiro de couro daqui. Hora de começar a dar bola para aquela amiga cheia de segundas intenções do seu trabalho e experimentar o novo, sem compromisso.

Quem sabe isso explique o fato de todas as suas relações não darem certo. Sem falar daquele seu jeito dominador de quem gosta de ficar por cima. Aí tem! Mas fique sabendo que pessoas são todas iguais, independente da orientação sexual, então não vá acreditando que existe "princesa encantada" porque isso é balela.

Poste em seu Facebook e no seu Twitter a música "Believe", da Cher, com a legenda:
Você acredita na vida após o amor?
#manualderelacionamentosdadivadepressao

"Depois das lágrimas, nada melhor do que hidratar o corpo com cachaça!"

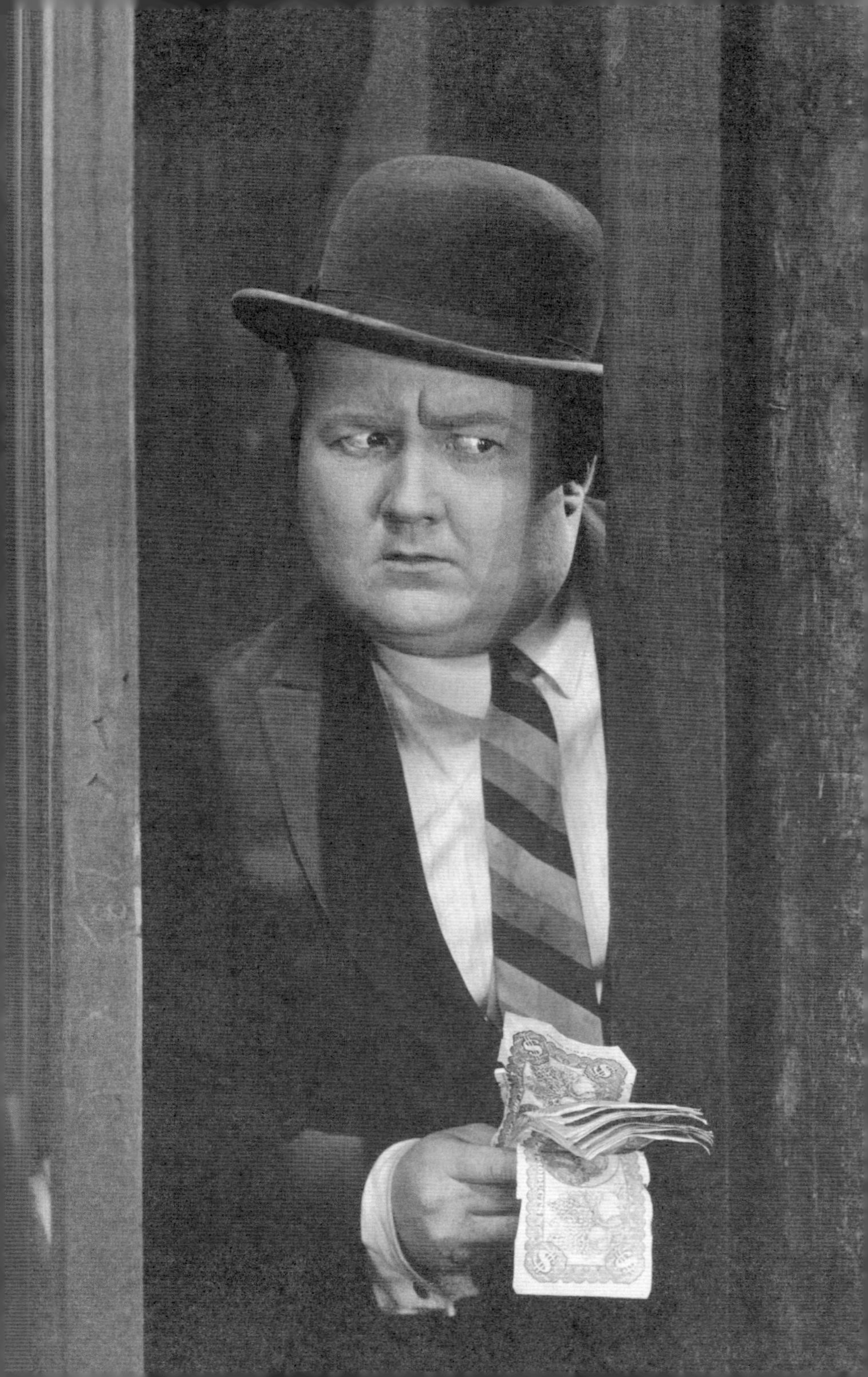

# Capítulo 5

"Ex bom é ex levando bala."

# Tipos de ex

*D*izem que ex bom é ex morto, mas eu digo que se até adubo tem sua qualidade, por que o ex não poderia ter também? Aliás, depende muito do tipo de ex, que varia conforme o fim do relacionamento, claro! Mas a importância deste capítulo é a de analisar esse homem que passou por sua vida e descrevê-lo, deixando você preparada para o que provavelmente irá acontecer no futuro, porque ex é como morto-vivo, surge do nada querendo te comer.

## O EX ARREPENDIDO

Depois de muitas mancadas e bolas fora, o atual finalmente se torna "ex". No começo ele é só euforia e sonha com todas as possibilidades de conquistar novas pessoas, de beber com os amigos, da falta de compromisso... Tudo festa!

Depois de um tempo ele percebe que lhe restaram noites de solidão, porres homéricos e relacionamentos-relâmpago com pessoas de beleza e caráter duvidosos.

Para completar, bate aquele arrependimento por ter jogado fora o relacionamento perfeito com o agora "amor de sua vida", dada a recém-certeza de que nunca vai conseguir nada melhor porque é um bosta, só restando a árdua missão de reatar com o antigo amor, independente do que tiver que fazer para provar seu arrependimento.

Flores, presentes, choros, mensagens repletas de coraçõezinhos e frases bregas, promessas de largar as noitadas com os amigos – que não tenciona cumprir –, voltar para a academia para esculpir um "tanque" que nunca conseguirá, aprender a cozinhar algo além de miojo, parar de beber até cair, elogiar a ex-sogra, ir à mesma balada, curtir todos os posts nas redes sociais, se fazer presente e necessário e tudo o mais que lhe ocorrer, até que a outra pessoa peça uma medida restritiva que impeça o ex arrependido de se aproximar dela, porque, se for para carregar mala, que seja uma Louis Vuitton!

Afinal, todas nós sabemos que quem faz uma vez, faz a segunda, terceira e até quarta, dependendo do seu grau de burrice em aceitar. Resta a você ser boba e aceitar o boy de volta ou aceitá-lo de volta só para dar o troco, metendo-lhe um belo par de chifres.

Poste em seu Facebook e no seu Twitter:
Quem comeu, comeu, quem não comeu, não come mais.
#manualderelacionamentosdadivadepressao

## O EX QUE ACHA QUE INCOMODA

Esse é o tipo de ex que adora chamar a atenção na tentativa de te incomodar de alguma forma, seja postando foto em bares com os amigos ou com aquela amiga periguete que você sempre desconfiou que ele pegava – provavelmente ele não está pegando, é só pra te alfinetar mesmo.

Esse ser humano costuma comentar seu status com tom de ironia, curtir todas as suas fotos e, se for de nível elevado, ainda é capaz de ir aos mesmos lugares que você frequenta, dizendo que é pura coincidência. O que é tudo isso? Vontade de voltar para você, mas sem dizer que se arrependeu de ter terminado; prefere ficar ostentando a felicidade que não existe, na esperança de te ver mal e você pedir pra voltar. Amiga, você não precisa disso.

Esse tipo de cara é aquele que adora causar quando você arruma um novo namorado, aí vem com declaração, diz que o atual não é bom o suficiente pra você, e cheio de xavecos, só pra ver você cair na dele e ficar sozinha de novo. Traduzindo: ele é um cara que não quer relacionamento sério, porém quer ter alguém de estepe, quando cansar de ficar caçando. O problema é que isso pode levar anos; resta a você ser o estepe dele ou não.

Poste em seu Facebook e no seu Twitter a música da Valesca Popozuda "Beijinho no ombro" com a legenda: Desejo a todos os invejosos vida longa.
#manualderelacionamentosdadivadepressao

## O EX QUE VIRA AMIGO

Dizem que não existe amizade entre ex. Isso não precisa ser uma verdade absoluta na sua vida, você e seu ex podem ser almas plenas que saibam lidar com o término de uma maneira quase excepcional. Enquanto os demais ex se odeiam e vão aos cruzeiros dos cemitérios fazer trabalho de amarração, você e o seu ex podem tirar bom proveito e dar boas risadas do namoro frustrado de vocês. Nem tudo precisa ser uma decepção a ponto de ter sido tão em vão que não renda nem um bom-dia e boa-tarde, obrigada.

Existem dois problemas principais. O primeiro é que ainda pode rolar um sentimento entre ambos, em que na hora daquele pileque com seu amigo rolam umas pegadas nas partes *feat.* tentativa de beijo. Outro fato que pode causar preocupação é quando o ex arranja uma namorada.

Existe alguma namorada que acredite na amizade entre seu parceiro e a ex dele? Eu não acreditaria, muito menos você, né? Mas aí é uma questão de o seu boy corno aceitar. A menos que esse seu amigo vire o ex a seguir, o ex que se assume gay.

**Poste em seu Facebook e no seu Twitter:**
Só vale a pena manter amizade com o ex no Facebook se for pra pedir vida no Candy Crush.
#manualderelacionamentosdadivadepressao

## O EX QUE SE ASSUME GAY

Antes num monastério do que nos braços de outra, certo? Errado! O boy pode partir pra OUTRO e, meu amor, a sua moral vai despencar alguns andares. Se isso acontecer, prepare-se! Ser trocada ou chutada e ver seu ex-boy sair do armário é quase como uma punição, afinal, o sentimento de "onde foi que eu errei" é substituído por "o que ele tem que eu não tenho?", e nisso você realmente não tem como competir, né?

O boy sempre deixa uns vestígios de que não curte muito a fruta; normalmente todo mundo ao seu redor percebe, mas é só você que não quer enxergar. Não se sinta só nesse barco, muitas de nós passamos por essa situação e, acredite, tem gente que só descobre quando está casada, o que torna tudo pior ainda.

O boy pode estar confuso, sem falar que também pode ser bissexual, então o jeito é aceitar, afinal, a culpa não é sua. Da fruta que você gosta ele senta em cima e rebola. Pense pelo lado positivo: você perdeu um namorado, mas pode ganhar um amigo bee.

**Poste em seu Facebook e no seu Twitter a foto com o ex gay acompanhada da frase:**
Perdi um namorado, mas ganhei um conselheiro de moda.
#manualderelacionamentosdadivadepressao

## O EX QUE VOLTA PRA UMA RAPIDINHA

Aí você está sozinha, sem nada pra fazer, fuçando o Tinder, quando de repente seu ex surge em um inbox ou WhatsApp perguntando "como você está?" *feat.* "tá fazendo o que de bom?". Traduzindo: "Tá a fim de uma rapidinha?".

Sim, sempre tem aquele ex que surge do limbo para dar uma bimbada sem compromisso, já que ele não achou outra disponível ou que queira. Bem, sinceramente: pode ser bom? Pode, principalmente se for aquele ex com pegada, porém pode dar aquela sensação de vazio pós-coito, sabe?

Se você for do tipo que ainda ama o ex e acha que dando pra ele, ele vai te querer de volta, amiga, melhor nem se depilar. O boy só quer sua periquita, nada mais que isso, o que vai te deixar pior depois. Agora, se você for do tipo desprendida e não tá nem aí, superapoio a bimbada, afinal, você não tá fazendo nada mesmo!

Mas que fique bem claro, ele que arque com todas as despesas, você não é obrigada e nem está tão necessitada assim – e, mesmo que esteja, não vá transparecer isso para ele, ok?

Não faça disso uma rotina, porque o boy pode ficar acostumado a ter sempre sua xereca como estepe para os momentos em que cansou da masturbação e pode começar a te cobrar coisas, como se tivesse algo sério com você. Corte o mal pela raiz, pois você não é obrigada.

**Poste em seu Facebook e no seu Twitter:**
Eu não sou suas xerecas.
**#manualderelacionamentosdadivadepressao**

"Encalhada, porém sereia."

# Antes sozinha que gastando dinheiro com pé-rapado

Falamos de muitas coisas neste manual divônico, desde a escolha do homem perfeito, até os percalços de um primeiro encontro, relacionamento a dois e términos, mas, afinal, o que é mais importante: um relacionamento a dois ou sua felicidade?

Vale a pena se desdobrar tanto para manter um relacionamento, quando a felicidade está ao seu lado? Que, nesse caso, poderia facilmente ser só um banco vazio pra você esticar os pés ou um assento duplo vazio na condução, pra você não ter que aguentar gente fedida ao seu lado.

Sabe aqueles clichês de se amar primeiro e depois amar os outros? Bem, eles são mais reais que o clichê de encontrar um príncipe encantado, sabia? É mais fácil você encontrar o amor dentro de si do que no outro, ou naquele sapato da vitrine que vai ficar lindo com aquele vestido que você anda paquerando. Também há o amor pelos seus animais de estimação, mas esse poderia ser assunto pra um outro manual...

Eu sei que a necessidade de um alguém somada àquela pressão de encontrar um homem exercida desde nossa infância por aquela tia (que também era solteira) que vivia enchendo o saco perguntando dos namorados pode levar uma mulher à loucura, mas amiga – PARE –, estamos em que ano mesmo? 1800? Estamos em uma época em que você é dona do seu próprio nariz, do seu próprio corpo e da sua própria vida, acima de tudo!

Quer sair e transar sem compromisso? Saia! Quer namorar sério e aquietar a pepeca? Namore! Todas nós somos inteligentes e autossuficientes o bastante para decidir o que fazer das nossas vidas, mesmo que a dúvida seja simples como qual cor de batom comprar; o dinheiro é seu, não é mesmo?

Eu espero que este manual tenha te ensinado algo sobre relações amorosas de uma forma descontraída, mas que ele, acima de tudo, tenha feito você passar vergonha ao se matar de rir lendo em público.

Mais vale um ótimo livro em mãos que te faça chorar de rir do que um peru pequeno que te faça chorar de desgosto.

Vejo você em breve, ou não. Depende do meu humor.

Diva